인생을 바꾸는
공부머리, 일머리, 돈머리

인생을 바꾸는
공부머리, 일머리, 돈머리
삶의 감각을 단단하게 쌓아 올리는 시간

초 판 1쇄 2026년 03월 06일

지은이 임승현
펴낸이 류종렬

펴낸곳 미다스북스
본부장 임종익
편집장 이다경, 김가영
디자인 임인영, 윤가희, 윤영빈
책임진행 김은진, 이예나, 안채원, 국소리, 송가희, 이지영

등록 2001년 3월 21일 제2001-000040호
주소 서울시 마포구 양화로 133 서교타워 711호, 808호
전화 02) 322-7802~3
팩스 02) 6007-1845
블로그 http://blog.naver.com/midasbooks
전자주소 midasbooks@hanmail.net
페이스북 https://www.facebook.com/midasbooks425
인스타그램 https://www.instagram.com/midasbooks

ⓒ 임승현, 미다스북스 2026, *Printed in Korea*.

ISBN 979-11-7355-738-5 03810

값 18,000원

미다스북스는 다음세대에게 필요한 지혜와 교양을 생각합니다.

인생을 바꾸는 ──── 공부머리,
일머리,
돈머리

삶의 감각을
단단하게
쌓아 올리는 시간

임승현 지음

미다스북스

Part 1

마케터의 삶이 가져온 행복

Part 2

인생을 바꾸는 **공부**머리, **일**머리, **돈**머리

Part 3

Enjoy your life

Part 4

행복해야 건강합니다

Part 5

아낌없이 **사랑**하라

사랑하는 아내와 대학생, 고등학생 두 자녀와 함께 네 식구로 살아가고 있다. 지난 25년 동안 제과, 종합식품, 건강기능식품, 제약 업계에서 마케팅 일을 해왔다. 돌이켜보면 마케팅은 늘 내 인생의 중심에 있었다. 새로운 제품을 세상에 소개하고, 브랜드의 이야기를 만들어 가는 일은 단순한 직업이 아니라 내게 주어진 천직이었다. 수많은 식음료 신제품을 세상에 선보였고, 제니와 수지 같은 유명 연예인들과 광고 촬영을 함께하며 설렘 가득한 순간도 많았다. 마케팅 외에 꾸준히 관심을 가져온 또 하나의 분야는 금융이다. 평생 금융업에 몸담은 아버지의 영향을 받았지만, 학생 때부터 스스로 경제와 투자에 흥미를 느끼고 공부해 왔다. 자격증을 따고, 틈틈이 금융 관련 서적을 읽으며 시야를 넓혀갔다. 사회생활을 무일푼으로 시작했지만, 작은 투자와 꾸준한 노력을 이어가며 결국 서울 도심에 집을 마련하기까지 결혼 후 20년이 걸렸다. 숫자보다 더 큰 의미는 그 시간 동안 얻은 인내와 배움이었다. 지금도 여전히 배우는 중이고, 앞으로도 평생 금융 공부를 이어가며 새로운 도전을 준비하고 있다.

오늘 하루도 별일 없이 잘 지냈어? 어디 아픈 데는 없어? 밥은 먹었니? 걱정하지 마! 잘될 거야! 어디 바람이라도 쐬러 갈까?

축하의 메시지보다, 어려울 때 누군가로부터의 '힘내'라는 한마디는 매우 강력하다. 바쁘게 일상생활을 하면서 '오늘 하루도 시간의 소중함과 고마움을 깨닫고 열심히 행복하게 살아야겠다.'라는 마음을 먹는 게 생각보다는 쉽지 않다. 그냥 하루하루 생활하다 보면 어느새 월급날이 되고, 계절이 바뀌고, 또 한 해가 지나간다. 회사를 옮기면 더 바빠지고, 직급이 오르고 연차가 쌓이면, 무거운 책임감과 스트레스로 매년 쉬운 한 해가 없다. 아무리 책을 보고 좋은 글을 머릿속에 넣어 봐도 피부로 와 닿았다가 또 멀어져간다. 그러므로 하루하루를 더욱 옹골차게 보내야 한다. 긍정의 힘을 장착하고 즐겁다고 생각하면, 나도 모르게 어느새 원효대사처럼 마음먹은 대로 행복해진다. 100세 시대라고 하지만 저마다 다른 수명을 갖고 태어난다. 군 제대 날짜를 손꼽아 기다리며 하루하루를 지워 나가듯, 평균 수명을 80~90년으로 정해 놓고 달력에 X표를 치며 사는 사람은 없다. 그렇다고 해서 그 마음가짐까지 불필요한 것은 아니다. 오히려 그런 심정으로 하루를 소중히 여기며 즐기듯 살아야 한다. 점점

 인생을 바꾸는 공부머리, 일머리, 돈머리

속도가 빨라지는 인생 여정 속에서 '평범하고 무탈하게 하루를 사는 일이 이렇게 어려운가.' 하는 생각이 들 때도 있다. 그럼에도 세상은 결국 내가 어떻게 생각하느냐에 따라 조금씩 방향을 바꿔 간다. 가장 젊은 오늘의 삶에서 작은 행복을 느끼고, 하루하루를 허투루 흘려보내지 않으려는 마음이 필요하다. 거기서 한 걸음 더 나아가, 나만이 아니라 주변을 함께 돌아볼 수 있는 여유를 갖는다면 좋겠다. 그렇게 서로의 삶에 작은 온기를 보태며, 함께 행복을 나누고 전파하는 삶을 조용히 꿈꿔본다.

처음 글을 쓰기로 마음먹은 건, 아내가 폐암 수술을 하고 항암 치료를 시작한 2025년 8월이다. 스스로 위안받고 생각을 정리하고 싶은 마음에 시작했는데, 글을 쓰다 보니 50여 년간 살아온 지난 인생을 되돌아보게 되고 행복해지고 더욱 단단해졌다. 한줄 한줄 써 내려간 글이 몇 페이지가 되고 한 권의 책 분량이 가능하게 되었다. 어쩌면 평범한 일상이었지만, 살아오면서 조금씩 깨달은 나름의 인생철학을 누군가가 읽어서 도움이 된다면 좋겠다는 생각으로 책을 출간하기로 결심했다. 이 책에는 아내의 병환에 관한 이야기는 일부러 넣지 않았다. 지금껏 살아오면서 개인적으로 가장 무더웠고 모든 게 힘들었던 지난해 8월 한 달이 지나고, 계절이 두 번 바뀌고 나서 이제 좀 안정이 찾아온 뒤, 마음의 여유가 생겼다. 직장 생활을 시작한 지 얼마 안 된 20~30대의 사회 초년생들이 가볍게 이 책을 읽으면서 인생의 방향성을 찾았으면 한다. 이미 10여 년 이상의 사회생활을 하고 자녀가 있는 중년층이나 필자와 같이 제2의 인생을 준비하고 있는 장년층들에게도 많은 공감을 얻으리라 생각된다. 이 책의 본질은 자기 계발서이지만 에세이 형식으로 구성되어 있다. 크게 다섯 파트로 나뉘어져 있으며, 누구나 책장을 쉽게 넘기면서 본인의 사고로 재해석하여 몸으로 체득하길 바라는 마음이다.

첫 번째 파트는 '마케터의 삶이 가져온 행복'이다. 지난 25년간 마케터로서의 삶을 살아가면서 겪은 에피소드와 직장 생활하면서 느낀 점들을 진솔하게 적어보았다. 취업을 준비하거나 이직을 위해 오늘도 이력서와 자기소개서를 쓰고 면접을 준비하는 분들, 그리고 마케팅 업무에 관심 있는 직장인들이 첫 번째 파트를 읽으며 조금이나마 도움이 되고 공감할 수 있기를 바란다.

두 번째 파트는 '인생을 바꾸는 공부머리, 일머리, 돈머리'이다. 우리는 궁극적으로 부를 늘리고 풍요로운 노후를 준비하기 위해 어릴 때부터 치열하게 공부하고, 누구나 연봉이 높고 안정적인 직장을 선호한다. 물론, 단지 돈벌이를 위해 일을 하는 것보다 각자의 자부심과 동기부여를 가지고 열심히 일을 하기도

　인생을 바꾸는 공부머리, 일머리, 돈머리

한다. 다행히 최근 들어 주식이나 ETF 또는 가상화폐에 투자가 적극적으로 늘어남에 따라 많이들 금융 문맹을 벗어난 것처럼 보이지만 무작정의 투자는 위험하다. 살아오면서 주위를 보니, 명문대를 졸업했다고 해서 모두 다 일 잘하는 것도 아니고, 일머리가 좋다고 반드시 부자가 된다는 100%의 상관관계도 없다. 또한 배움에는 끊임이 없다는 사실을 뒤늦게라도 깨우치면 학구열이 다시 불타오르기도 한다. 금융에 대한 조기교육부터 평생교육이 중요하고, 지식을 기반으로 실천해야 한다. 이제 갓 사회생활을 시작한 젊은 층들이 이 파트를 보면서 미래를 잘 설계하기를 바란다.

세 번째 파트는 'Enjoy your life'이다. 직역하면 '인생을 즐기라'는 뜻이지만, 궁극적으로는 지금까지의 삶의 경험과 여행 기록을 통해 행복하고 긍정적인 마음으로 세상을 살아가는 이야기를 전하고 싶었다. 가족과 함께한 여행이나 최근 아내와 다녀온 국내 여행을 떠올리며, 여행이 주는 가치와 그 소중함을 함께 나누고자 했다.

네 번째 파트는 '행복해야 건강합니다'이다. 일반적으로는 건강하므로 다행히 행복하다고 믿고 있다. 하지만 우선은 우리가 행복해야 건강도 따라오는 것이다. 만병의 근원은 '스트레스'이므로 마음이 건강해야 신체가 건강해지게 된다. 행복하게 살기 위한 건강한 습관들을 잘 챙기고 삶에 적용하기를 바란다.

마지막 파트는 '아낌없이 사랑하라'이다. 궁극적으로 우리가 살아가는 본질과 그 이유가 무엇이고, 한 번쯤은 내 삶을 되돌아보면서 베풀고 사랑하는 삶을 함께 추구하고자 한다. 누군가가 이 책을 읽고 저마다의 생각으로 자기 것으로 만들어 살아가는 데 있어서 조금이라도 자양분이 되길 바란다. 아내는 지금 하루하루를 소중히 여기며 운동하면서 건강을 회복 중이다. 사랑하는 아내와 이 시대의 희망을 잃지 않는 모든 분을 위해 이 책을 헌정한다.

마케터의 삶이 가져온 행복

마케터의 삶, 가장 큰 행운

20대 중반에 마케터로 사회생활을 시작한 것은, 인생에서 아내를 만난 일과 더불어 가장 큰 행운이라고 생각합니다. 무엇보다 제 성격과 적성에 잘 맞는 직업이기도 하고, 신제품을 세상에 내놓으며 보람을 느낄 수 있다는 점이 큰 매력입니다. 데이터를 분석하고 소비자의 마음과 트렌드를 읽어 전략을 세우고 실행하는 과정은 제게 늘 도전적이면서도 진취적인 여정이었습니다. 몸은 늙어가더라도 마음만은 항상 젊게 유지하려 노력해왔습니다. 학부 시절 배운 지식들도 마케팅 실무에 밑바탕이 되었고, 숫자를 보는 감각 역시 업무에 큰 도움이 되었습니다.

마케팅은 직업 이상의 가치가 있습니다. 앞으로 인생의 새로운 방향을 모색하는 시점에서도, 마케터로서 쌓은 경험이 분명 큰 자산이 될 것이라 믿습니다. 실무 브랜드 매니저에게 꼭 필요한 요소가 정해져 있는 것은 아니지만, 관찰력은 분명 큰 힘이 됩니다. 데이터 분석이나 트렌드 감지는 경험이 쌓일수록 자연스레 향상되지만, 시장의 흐름과 온·오프라인 소비자 행동을 면밀히 살펴 문제의 본질을 짚어내는 통찰력은 노력만으로는 얻기 어려운 '감각'의 영역이라 생각합니다.

제가 경력이 짧은 마케터들에게 항상 하는 이야기가 2가지가 있습니다.

첫째는 솔루션(Solution)보다는 진단이 우선이라는 점입니다. 병원에 갔을 때 어디가 아픈지 여러 가지 방면으로 검사를 한 뒤, 결국 처방전 한 장으로 해결됩니다. 명의와 다른 의사와의 차이점은 이러한 진단을 정확하게 제대로 한다는 점입니다. 즉, 차별화된 마케터는 브랜드의 문제점을 잘 파악하는 데서 출발해야 합니다.

두 번째는 잘 세운 계획보다 위기 대응 능력이 더 중요하다는 것입니다. 인생을 살아가다 보면 결혼 준비나 돌잔치처럼 계획적으로 준비해 실행하는 일들은 즐겁고 비교적 순조롭게 진행됩니다. 하지만 예상치 못한 사고나 가족의 장례처럼 갑작스럽게 닥치는 일들은 누구에게나 쉽지 않은 순간입니다. 마케팅 업무에서도 마찬가지입니다. 신제품을 기획해 출시하거나 브랜드를 관리할 때, 계획대로 흘러가는 일보다 예기치 못한 상황에 얼마나 침착하고 유연하게 대처하느냐가 마케터의 진짜 실력을 가늠하게 합니다. 이러한 위기 대응 능력은 단순한 기술이라기

 인생을 바꾸는 공부머리, 일머리, 돈머리

보다 경험을 통해 다듬어지는 역량입니다. 따라서 개인의 역량을 키움과 동시에, 다양한 사람들과의 네트워크를 넓혀 도움을 주고받을 수 있는 관계를 유지하는 것도 매우 중요하다고 생각합니다.

흔히 마케터를 '오케스트라의 지휘자'에 비유합니다. 마케팅은 개인의 힘만으로 완성되는 일이 아니라, 생산 · 연구 · 구매 · 재무 · 디자인 · 영업 등 회사의 거의 모든 부서와 긴밀하게 협력해야 하는 업무이기 때문입니다. 시간이 지날수록 느끼는 점이지만, 마케터에게 가장 중요한 자질은 결국 '인성'이라고 생각합니다. 업무는 대부분 체계적인 시스템과 매뉴얼에 따라 진행되지만, 마케팅의 본질은 AI나 로봇이 대신할 수 없는 사람과 사람 사이의 소통에 있습니다. 결국 브랜드 역시 이성뿐 아니라 고객의 감성을 움직여야 성공할 수 있습니다. 그렇기에 마케터에게 필요한 '좋은 인성'은 단순한 덕목을 넘어, 브랜드의 진정성을 전달하는 핵심 역량이라 할 수 있습니다.

25년 마케팅 경험이 준 선물

2000년 12월, 사회에 첫발을 내디딜 당시까지만 해도 저는 금융회사 취업을 준비하고 있었습니다. 그 무렵에는 생소했던 투자상담사 2종·1종 자격증과 미국선물거래사(AP) 자격증을 취득했고, 여의도와 을지로 일대의 증권사와 은행을 찾아다니며 면접을 보았습니다. 당시 하나은행장님과의 최종 면접은 지금도 기억납니다. 최종 면접에서는 탈락했지만, 우편으로 정성스럽게 보내준 편지를 보고 하나은행이라는 브랜드는 20대부터 좋은 감정을 갖게 되었습니다. 우연히 제과 회사에 입사하여 5개 회사를 거치면서 지금까지 100여 개가 넘는 신제품을 출시했습니다. 마케팅 25년의 경험이 저에게 남긴 건, 소비자와 트렌드를 읽는 능력과, 관찰력 및 돈의 흐름을 읽는 통찰력입니다. 마케팅이 판매의 수단이라고 한다면, 브랜드에 생명력을 불어넣고 방향성을 가져가는 '브랜드 스토리텔링'과 같은 브랜딩에 대한 감각도 몸에 밴 것 같습니다. 수십 편의 광고를 진행해서 그런지 TV 광고를 보면 그대로 받아들이기보다는 마케터로서 광고 평가를 하는 습관도 생겨났습니다.

태어날 때부터 운 좋게 어떤 분야에 특별한 재능을 타고난 사람도 있지만, 그 재능을 스스로 인식하고 꾸준히 노력해 대성하는 경우는 예술이나 체육 분야에서도 흔치 않습니다. 오히려 어린 시절부터 학창 시절에 쌓은 기본적인 지식과 원리를 바탕으로, 사회생활 속 다양한 경험을 통해 중·장년기에 삶의 자양분을 만들어 가는 이들이 더 많습니다. 저 역시 금융업에 종사하지 않았더라도, 학창 시절에 익힌 기초 지식과 숫자를 읽는 감각, 그리고 마케팅 업무를 하며 쌓은 여러 경험들이 지금의 제 인격과 사고의 틀을 형성하는 데 큰 밑거름이 되었습니다. 이제 오십에 다다른 지금, 그간의 경험들이 한층 깊어진 형태로 제 안에서 자리 잡았음을 느낍니다.

앞으로의 삶 또한 이제부터 차근차근 준비하고 실천해 나간다면 더욱 빛날 것이라 믿습니다. 학창 시절의 배움이 사회적 경험과 맞물려 지혜로운 판단을 가능하게 하는 지금, 저는 새로운 도약을 꿈꾸는 설레는 시기를 맞이하고 있습니다.

변하지 않는,
브랜드와 인생의 '본질'

마케팅이라는 직업을 갖게 되면서 소비자와 브랜드에 대한 고민을 많이 하게 됩니다. 때로는 여러 가지 조사 데이터보다는 직감이 필요한 때도 있습니다. 브랜드 진단을 통해 문제점을 찾아내어 침체된 브랜드를 다시 활성화시켜야 할 때는, 소비자들에게 브랜드가 어떻게 각인되었으면 하는지에 대한 '포지셔닝'을 재정의하기도 합니다. 중요한 건 언제나 본질에 충실해야 한다는 사실입니다. 세대가 변하고 타깃이 바뀌거나 실질적으로 마케팅에서 활용되는 마케팅 도구들이 변경될 수는 있지만, 소위 아이덴티티라고 하는 브랜드의 본질은 변하지 않습니다. 브랜드의 존재 이유를 다시 한번 상기하면서 가지고 있는 속성 중에 핵심 가치인 'core value'를 전달하는 역할이 가장 중요합니다.

인생도 마찬가지입니다. 때로는 힘들고 어려운 상황에 부딪히더라도 문제를 피하기보다는 정면으로 돌파하려는 의지를 가지

   인생을 바꾸는 공부머리, 일머리, 돈머리

면, 결국 해결하지 못할 일은 없습니다. 9회 말 2아웃, 만루 풀 카운트의 상황에서 투수와 타자는 피할 수 없는 정면 승부를 펼 칩니다. 투수는 자신이 가장 자신 있는 공을 던져야 하고, 타자 는 파울이 되더라도 끝까지 방망이를 휘둘러야 합니다. 인생의 선택도 이와 비슷합니다. 신중히 고민하되, 다시 같은 상황이 와 도 똑같은 결정을 내릴 만큼 후회 없는 선택을 해야 합니다. 언 제나 긍정의 힘을 잃지 마시기를 바랍니다. 이겨내지 못할 상황 은 없다는 믿음으로 당당히 부딪혀 본다면, 스스로도 놀랄 만큼 의 힘이 생기실 겁니다. 인생은 '새옹지마'라 하지만, 결국 세상 사는 간절히 바라고 마음먹은 대로 이루어지는 법입니다.

마케터는 '이름 설계사'

　신제품을 출시하면서 마케터의 고유 권한은 신제품의 이름을 짓는 '브랜드네이밍' 작업입니다. 식·음료 카테고리의 경우, 전체적인 방향은 마케팅 BM이 컨트롤하지만, 맛은 연구소에서 주도적으로 진행하고 디자인은 디자인팀에서 하게 되므로 이름 짓는 것만큼은 오롯이 마케터의 역할입니다. 저도 수많은 이름을 지어봤지만, 네이밍이 그리 쉬운 작업은 아닙니다. 주니어 시절, 네이밍 작업을 할 때 몇 가지 요소를 따져가면서 지어야 한다고 배웠습니다. 콘셉트를 잘 알려야 하고, 간결해야 하고, 발음이 용이하게 부르기 쉬워야 하고, 기억하기 쉬워야 한다는, 최소한 4가지는 잘 아우르는 브랜드네임이 좋은 것입니다. 여러 브랜드네임 후보안 중에 내부적으로 또는 외부 소비자 조사를 진행한 후에 최종 후보안을 좁혀서 의사결정을 하게 됩니다. 실은 마케터의 고유 권한처럼 보이지만, 최종 의사결정은 오너나 CEO가 하므로 대표들의 의견이 담긴 이름들도 많이 있습니다. 우리가 아는 국내외 기업 브랜드나 유명 브랜드들도 길게는 4음절 이내로 간결하고 브랜드의 콘셉트가 함축되어 있고 발음이 용이하다는 느낌이 드실 겁니다. 삼성, 현대, LG, SK, 네이버, 카카오, 나이키, 애플, 샤넬, 구찌, 테슬라, 루이뷔통, 에르메스….

예전에는 아이가 태어나면 태어난 날짜와 시각을 바탕으로 사주팔자를 보고 이름을 짓는 경우가 많았습니다. 요즘에는 글로벌 시대에 맞춰 한자를 쓰지 않더라도, 영어와 한글을 함께 활용하기 좋은 이름을 고민하는 것 같습니다. 물론 필요하면 개명도 할 수 있지만, 이름은 평생 나를 소개하는 하나의 브랜드이기 때문에 시간이 지날수록 그 네이밍의 소중함은 더 크게 느껴집니다. 소위 명품이 '이름값'을 하듯, 우리 각자도 자신의 이름이 널리 알려지고, 스스로를 명품이라 여길 수 있을 만큼 그 가치를 잘 쌓아가야 하겠습니다. 참, 제가 지은 이름은 아니지만 막내 조카 이름은 '인별'입니다. 영어로 옮기면 '인스타'가 되니, 앞으로 이 아이의 인생에도 팔로워 100만 명이 생기길 조심스럽게 기대해 봅니다.

AI 시대와 브랜드 가치

요즘은 자고 일어날 때마다 세상이 한발 앞서 나가 있는 듯합니다. 하루가 다르게 발전하는 기술의 속도를 따라가는 일이 점점 버겁게 느껴집니다. 컴퓨터와 스마트폰의 보급 이후, 다시 한번 비약적인 발달로 인해 로봇과 AI의 시대가 도래하고 있음을 누구나 감지하고 있습니다. 앞으로의 사회는 AI 발전으로 그에 대한 준비와 대비를 어떻게 하느냐에 따른 많은 차이가 있을 것 같습니다. 국가적으로나 개인적으로도 마찬가지입니다. 지금까지의 산업혁명과는 또 다른 세계관이 될 것으로 예측됩니다. 불과 몇 년 사이에 급격한 변화가 있었지만, 하루가 다르게 기술이 발전하고 있고 수년 내에 격차는 많이 벌어질 것으로 보입니다. 개인적으로도 AI를 잘 활용하게 되면, 직장에서나 혹은 창업하더라도 좋은 기회를 얻게 될 것이고 상업적으로도 마케팅의 역할이나 브랜딩이 달라질 것으로 보입니다.

인생을 바꾸는 공부머리, 일머리, 돈머리

소위 명품이라 불리는 브랜드는 하루아침에 만들어지지 않습니다. 그러나 소비자에게 꾸준히 사랑받는 러브마크가 되기 위해서는, 브랜드 가치를 드러내는 스토리텔링이 앞으로 AI와 결합되어 더욱 중요해질 것입니다. 디지털 마케팅에서도 한때는 SEO(검색엔진최적화)나 키워드 검색광고 노출, 사용 후기가 핵심이었다면, 이제는 서서히 판이 바뀌고 있습니다. 네이버 검색에서도 이미 AI가 활용되고 있듯, 앞으로는 소비자의 다양한 경험 데이터가 어떤 알고리즘을 통해 브랜드 스토리를 풍성하게 만들어 낼지가 중요한 관건이 될 것입니다. 결국 브랜드가 지향하는 방향성을 설계하는 포지셔닝 전략과, 그에 맞춘 일관된 브랜드 스토리텔링은 AI와의 시너지를 통해 더욱 강력한 브랜드 파워로 재탄생하게 될 것입니다.

신제품,
출산의 고통

마케터로서 얼마 전 제주도와 관련된 프로젝트를 진행한 경험이 있습니다. 제주산 농산물을 기반으로 한 음료 제품을 출시하는 것을 출발점으로 삼았습니다. 시장조사 끝에 제주산 메밀과 보리를 원료로 한 페트병 RTD 차 음료를 만들기로 하고, 외주 생산업체와 여러 차례 미팅을 진행했습니다. 제주산 메밀 수급이 쉽지 않다는 이야기를 듣고 직접 인터넷을 뒤져 제주 지역 영농조합법인 연락처를 하나하나 찾아 전화를 걸기 시작했습니다. 그렇게 해서 메밀을 활용해 음식점을 함께 운영하는 '한라산 아래 첫마을'이라는 영농조합을 알게 되었고, 사장님을 설득해 로스팅한 보리와 메밀 샘플을 받기로 했습니다. 샘플이 도착하는 시점에 맞춰 강원도 공장 내 연구소와 여러 차례 미팅을 하며 맛을 구현해 나갔습니다. 차 음료 특성상 더워지기 전, 늦어도 4월 초에는 출시해야 한다고 판단해 그 시점을 목표로 정하고, 역산해 디자인과 세부 일정을 맞춰 갔습니다. 당시만 해도

인생을 바꾸는 공부머리, 일머리, 돈머리

보리나 옥수수 등 다른 곡물을 활용한 차 음료는 많았지만, 메밀을 주원료로 한 차 음료는 흔치 않았습니다. 다만 곡물은 보통 90도 이상의 고온에서 추출하는데, 로스팅한 메밀은 높은 온도에서 떡처럼 뭉쳐져 추출에 큰 어려움을 겪었습니다. 그대로 포기할 수는 없었기에 저온 추출 방식을 택했고, 낮은 온도에서도 추출이 가능하다는 점을 오히려 커피의 '콜드브루'처럼 차별화 포인트로 살리기로 했습니다. 위기를 기회로 바꾸어 보리와 메밀의 최적 비율을 찾아 맛을 완성했고, 결국 3월 말 전국 GS25에 제품을 출시할 수 있었습니다. 깔끔하고 담백한 맛 덕분에 특히 젊은 여성층에게 좋은 반응을 얻었습니다. 프로젝트는 끝이 났지만, 이 브랜드만큼은 오래도록 시장에 남아 소비자들에게 사랑받는 제품으로 자리를 잡기를 진심으로 바랍니다.

호랑이는 죽어서 가죽을 남기지만 마케터는 브랜드를 남기게 됩니다. 아내가 겪은 출산의 고통을 느끼지는 못했지만, 마케터로서 신제품의 출시는 산고의 시간과도 비유되기도 하고, 출시된 제품은 마치 자식 같은 기분이 듭니다. 약 25년간 연간 평균 5개 이상씩 100여 개 이상의 신제품을 출시한 경험이 있습니다. 보통 신제품의 성공 확률은 1~2% 미만으로 매우 낮은 편인데, 다행히도 저는 그보다 성공한 브랜드들이 많기는 합니다. 기업에서 지속적으로 신제품을 출시하고 홍보하는 이유는, 성공하거나 대박이 나면 계속해서 매출과 수익을 끌어올릴 수 있는 성장 동력이 되기 때문입니다. 출시보다 더 중요한 건 브랜드 관리라고 생각합니다. 본인이 시작부터 참여하지 않아도 브랜드의 생명력을 불어넣어 주고 재활성화시키는 것 또한, 브랜드 매니저의 역할입니다.

책 속에 있는 여러 이론보다도 직접 경험하면서 느끼는 부분이, 시간이 지날수록 오롯이 자신만의 경력과 노하우가 됩니다. AI의 등장과 발전으로 마케터의 기본적인 업무들은 줄어들 수 있지만, 오히려 AI를 활용한 데이터를 기반으로 인사이트를 발견하는 능력과 자질은 더 중요시될 것으로 생각됩니다. 아는 만큼 보이는 것이고, 인간의 감각을 AI가 대처하지 못할 수 있기 때문입니다. 그러하므로 마케터는 트렌드를 읽고 나아갈 수 있는 끊임없는 고민과 연구가 필요하고, 고객과 소통하는 공감대를 형성하는 본질의 역할로 충실해야 합니다. 단지 온라인 SNS 홍보 콘텐츠를 통해 단기적으로 제품 판매에 집중하는 것보다는, 장기적인 안목에서 브랜드 스토리에 힘을 싣는 마케터의 자질과 그런 것을 밀어줄 수 있는 CEO의 용기와 결단이 더욱 필요합니다.

  인생을 바꾸는 공부머리, 일머리, 돈머리

비타500,
착한 드링크 캠페인

2001년 2월에 태어난 브랜드로, 이제 사람으로 치면 20대 중반이 되어가는 국민에게 활력을 불어넣고 비타민의 좋은 기운을 전하는 브랜드, 바로 비타500입니다. 저는 2008년부터 2022년까지 약 14년간 브랜드 매니저이자 팀장으로 이 브랜드를 담당했습니다. 출시 26년 차인 지금, 초·중·고·대학까지 졸업하고 사회생활을 시작한 셈인데, 그중 절반 이상을 제가 함께해 왔네요. 자랑은 아니지만 연 매출을 800억 원대에서 1,200억 원 수준까지 끌어올리며 물러났습니다. 마케터의 역할은 신제품을 만드는 것도 중요하지만, 기존 브랜드에 생명력을 불어넣어 꺼지지 않게 유지하는 데 있습니다. 브랜드 진단을 통해 다시 생명력을 불어넣기도 하고, 확장을 통해 다양한 소비자와 만날 기회를 주기도 합니다. 동시에 SKU^(브랜드 내 상품 포트폴리오)를 재정비하며 균형을 맞춥니다. 브랜드 확장에는 원칙이 있습니다. 모 브랜드에 악영향을 주지 않도록 하면서, 타깃이나 제형, TPO*(Time, Place, Occasion)* 확장을 통해 매출을 키워야 합니다. 원칙을 벗어나 무리한 확장은 브랜드 정체성을 흐트러뜨리고 오히려 역효과를 낳을 수 있기에 신중해야 합니다. 자본주의의 꽃이 주식이라면, 마케팅에서는 캠페인이 가장 큰 비용을 차지합니다. TV 광고를 기본으로 하여 IMC**(통합 마케팅 커뮤니케이션)** 캠페인을 펼치는데, 브랜드 진단에서 도출한 하나의 전략 방향으로 온·오프라인 모든 예산과 요소를 집중하는 활동입니다. 국민의 활력을 책임진다는 비타500은 출시 초기부터 박카스와 치열한 경쟁을 벌였습니다. 특히 2011년 박카스가 의약외품으로 편의점에 입점하면서 약국 외 일반 유통에서도 직접적인 채널 경쟁이 시작되었고, 레드불이나 몬스터 에너지 같은 글로벌 에너지 드링크들도 본격적으로 시장에 상륙해 자리를 잡아가던 시기였습니다.

결국 비타500은 무카페인을 강조하는 건강한 에너지로 커뮤니케이션 방향성을 정하고 '착한 캠페인'을 전개해 나갔습니다. 모델도 문근영이나 수지와 같은 청정 이미지를 가진 인물들로 선정했고, 임산부를 포함해 남녀노소 누구나 안심하고 마실 수 있는 '착한 마음 SONG'을 만들어 TV 광고를 진행했습니다. 평소 에너지 드링크는 각성을 위해 마실 수 있지만, 몸이 피곤할 때나 병문안을 갈 때는 카페인이 든 음료를 선물하지 않는다는

 인생을 바꾸는 공부머리, 일머리, 돈머리

점을 확인할 수 있었습니다. 게다가 커피의 천연 카페인과는 성분이 달라 청소년층의 카페인 중독 문제도 조심해야 했습니다. 이러한 캠페인을 몇 년간 일관되게 펼친 결과, 비타500은 경쟁 채널의 위협에도 불구하고 지속적인 성장을 이룰 수 있었습니다. 이후 무카페인 전략에서 '건강한 비타민C'를 강조하는 독자적인 노선을 걷게 되었고, 2020년 초반까지 명실상부 국민 드링크로서 위상을 굳건히 다졌습니다. 브랜드가 단순 매출을 넘어 팬덤을 형성하려면 꾸준한 노력이 필요합니다. 명품 브랜드는 각자의 고유한 컬러를 지니고, 브랜드 스토리텔링을 통해 하나의 문화로 자리 잡습니다. 반대로 브랜드는 관리를 소홀히 하거나 이미지를 실추시키는 순간 한순간에 추락할 수 있기에, 매사 신중하게 다루어야 하며 고객의 눈과 귀에 항상 기울여야 합니다. 단기적인 매출 상승보다는 고객에게 사랑받는 브랜드가 되기 위해 장기적인 안목으로 이끌어 가는 혜안이 필요합니다. 그렇게 할 때 매출은 자연스럽게 따라오게 됩니다.

유능한 마케터란
무엇일까?

　마케팅은 유관부서와의 조율도 중요하지만, 결국 브랜드의 본질을 소비자 시각에서 어떻게 포지셔닝하느냐에 달려 있습니다. 브랜드의 아이덴티티는 내부에서 만든 정체성이자 본질이고, 브랜드 이미지는 고객들이 브랜드를 바라보는 시각입니다. 포지셔닝은 브랜드를 고객들에게 어떻게 보이고 싶은지를 추구하는 방향성이라고 보면 됩니다. 마케팅이 단순히 영업을 위한 수단으로만 한정되면 세일즈 프로모션 외에는 할 수 있는 게 없습니다. 영업 중심으로 성장하는 중소기업의 경우, CEO의 마인드에 따라 브랜드보다는 세일즈에 초점을 맞추는 경향이 있습니다. 회사와 브랜드가 비약적으로 도약하려면 결국 마케팅의 시각을 넓게 가져가야 합니다. 흔히 그런 질문을 많이 받지만, 마케터가 되기 위해 갖춰야 할 필수 조건은 따로 없습니다. 연구소 출신이 마케터가 되기도 하고 디자이너가 마케팅 업무를 맡기도 하며, 제약회사나 소비재 업계에서는 유능한 영업 사

　　인생을 바꾸는 공부머리, 일머리, 돈머리

원이 본사로 발탁되어 마케팅을 시작하기도 합니다. 제품을 잘 알고 현장에서 고객과 소통해 본 경험이 내부적으로 유리하게 작용하는 경우가 많기 때문입니다. 막상 마케터 업무를 해 보면 재미를 느끼는 사람도 많지만, 적성에 맞지 않아 다시 본업으로 돌아가는 분들도 적지 않습니다.

마케터들은 대부분 신제품 개발을 포함해 기본적인 리서치와 브랜드 진단, 소비자 조사를 통해 전략을 세우고 그에 맞는 마케팅 실행 전술을 펼칩니다. 물론 참신한 아이디어나 창의력이 뛰어난 사람은 두각을 나타내기도 하죠. 광고 대행사 직원들이 일반 회사 마케터보다 더 창의성을 요구하긴 하지만, 창의력의 근원은 결국 정확한 진단에서 나온 통찰력입니다. 이런 통찰력은 고민을 많이 하는 데서보다 감수성이 좋거나 발상의 전환에서 자연스럽게 나옵니다. 제조사 관점이 아닌 소비자나 브랜드의 입장에서 소통하는 스킬을 갖추는 게 핵심입니다. 마케터는 은근히 챙겨야 할 게 많아 꼼꼼한 성격이 더 도움이 됩니다. 지금 회사에서 브랜드에 올인하거나 마케터를 꿈꾸는 분들이라면, 머리를 말랑말랑하게 유지하는 습관을 들이시기를 바랍니다. 사색을 많이 하고 시간 날 때마다 여행 다니는 걸 적극 추천해 드립니다.

경력 사원
몸값을 올리고 싶다면?

저는 여러 이유로 이직을 네 번 했습니다. 두 번은 헤드헌터의 추천과 권유로, 나머지 두 번은 지인의 소개로 이루어졌습니다. 물론 제 미래와 커리어가 걸린 중요한 결정이었기에, 최종 판단은 제가 내렸습니다. 이직 과정은 기본적으로 경력 기술서와 자기소개서를 포함한 이력서를 통해 서류 심사를 거친 뒤 면접으로 이어집니다. 헤드헌터 경험과 면접관으로서 서류 검토를 해 본 결과, 비슷한 능력을 갖춘 사람이라도 이력서 합격이 첫 번째 관문입니다. 눈에 띄는 이력서는 면접에서도 호감을 주기 마련입니다. 채용 회사나 써치펌의 양식에 맞춰 작성하지만, 포함 내용은 크게 다르지 않습니다. 모든 이직의 첫걸음은 채용 사의 JD*(Job Description)*입니다. JD는 실무 팀장급에서 작성해 인사팀에 전달되며, 헤드헌터들도 이를 기준으로 최적의 인재를 찾습니다. 따라서 회사의 요구 사항과 일치하는 이력서를 작성해야 합니다. TV 광고처럼 15초 안에 핵심 역량에 따라 서

　　　　　　　　　　인생을 바꾸는 공부머리, 일머리, 돈머리

류 합격 여부가 갈리는 경우가 많아, 업무 강점과 핵심 역량을 명확히 드러내는 게 중요합니다. 핵심 역량은 경력을 단순히 요약하는 게 아니라, 지원 회사의 JD에 명시된 업무를 바로 수행할 수 있는 능력과 자격을 보여주는 것입니다. 이렇게 작성하면 '즉시 전력감'임을 한눈에 알 수 있습니다. 신입은 기본기를 키우기 위해 뽑지만, 경력직은 몸값을 지급하더라도 바로 투입 가능한 인재를 원합니다.

또한, 전직 회사별 담당 업무나 세부 업무 및 성과는 핵심 역량과 상호 연결되어 있어야 합니다. 저성장의 기조가 지속되고 AI 발달로 인해 신입사원들을 대상으로 하는 신규 취업에 많은 어려움이 계속되는 상황에서 경력직들의 커리어 관리는 매우 중요합니다. 30대 중반까지는 본인의 커리어를 최대한 발휘하여 몸값을 높여야 합니다. 단순히 연봉을 올려서 이직하라는 의미가 아니고, 차별화될 수 있는 '대체 불가 인력'이 되어야 합니다. 그렇게 되면 회사 내에서의 위상과 입지가 달라지고 자연스레 연봉 인상과 더불어 이직의 기회도 생깁니다. 회사의 규모보다는 본인의 역할이 중요하고, 그 분야의 전문가(Specialist)가 되어야 합니다. 매년 본인의 업무 성과를 기록하고 업데이트함으로써 하루하루가 모여 매년 성장하는 자기 모습을 보게 되면 5년, 7년, 10년 이후 차츰 경력이 늘어나면서 미래 성장 동력이 자연스럽게 쌓이게 됩니다.

　평생직장이라는 개념은 사라진 지 이미 오래되었습니다. 전문직이나 공무원이 아닌 이상 경력이 쌓이면 더 좋은 조건이나 여건에 따라 이직할 경우가 있습니다. 물론 이직이 반드시 성공을 보장하는 건 아니지만, 새로운 도전은 언제나 해 볼 만합니다. 경력 기술서를 한 번에 쓰려면 기억이 나지도 않고, 시간이 지나면 지날수록 더욱 어렵습니다. 언젠가 다가올 수 있는 이직의 기회를 위해서라도, 아니면 그렇지 않더라도 최소한 1년에 한 번 정도는 본인의 경력 기술서를 업데이트하는 습관이 좋습니다. 매년 회사에서도 연말 성과 평가를 위해서 개인별 또는 조직별로 연초에 세워둔 목표 기준에 따른 성과 측정을 합니다. 이때 작성한 본인의 성과를 토대로 커리어를 업데이트하면 좀 더 수월합니다. 이왕이면 수치로 표현되는 성공 사례를 중심으로 업데이트하되, 실패한 사례에도 배운 교훈(Lesson Learned)이 있으면 자소서 정도에 포함해도 괜찮습니다. 실패한 경험 또한 본인의 커리어를 향상하는 자양분이 됩니다. 경력 기술서의 업데이트만으로도 더 나은 사회생활의 첫걸음이 될 수 있습니다. 기록은 기억을 이기지 못하고, 언제든지 다가올 기회에 미리 대처하는 자세가 필요하기 때문입니다.

이직의 연결 고리,
헤드헌터 만남은 행운

커리어를 잘 쌓아 성과를 내고 회사에서 인정받으면 연봉 인상과 승진이라는 보상이 따르기에, 직장인들은 힘들어도 이를 악물고 버텨냅니다. 회사 내 성장 외에도 더 나은 기회를 찾아 새로운 둥지로 옮기는 경우도 많습니다. 물론 새로운 환경에서의 적응과 리스크를 감수하는 대가로 금전적 혜택이나 다른 보상을 받고 이직을 결심하죠. 지인 소개도 있지만, 대부분은 써치펌 헤드헌터의 추천으로 기회를 얻습니다. 헤드헌터는 계약된 회사의 조건에 맞는 인재를 찾아 입사까지 성공적으로 이끌어 내면 보수를 받습니다. 그들의 역할은 적합한 인재를 발굴해 이력서를 전달하고, 서류 합격 시 면접 팁을 주는 정도입니다. 최종 합격은 결국 후보자의 역량에 달려 있습니다. 성공 사례와 노하우가 많은 헤드헌터는 기업의 신뢰를 얻어 더 많은 의뢰를 받고 성장하지만, 성향이 안 맞거나 성공이 적어 중도에 포기하는 분도 많습니다. 겉보기엔 쉬워 보여도 어떤 일이든 직접

해 보면 쉽지 않은 법이죠. 어떤 일이든 그 의미를 생각하고 보람을 느끼며 정성을 쏟으면 적응도 빨라지고, 나중에 후회 없는 좋은 추억으로 남게 됩니다.

헤드헌터, 즉 인재 컨설턴트는 주로 경력직 인재를 추천하는 일이기에 신입이나 사회 초년생들에게는 다소 생소할 수 있습니다. 예전에는 경험이 풍부한 분들이 퇴직 후 이 일을 많이 택했지만, 요즘은 젊은 헤드헌터들도 많아졌습니다. 결국 기업이 필요로 하는 적재적소에 적합한 인재를 잘 매칭해 주는 역할입니다. 헤드헌터는 대부분 고정급이 없고, 추천 인재의 연봉에 따라 성공 시 중개 수수료가 수익원이 됩니다. 추천자가 최종 합격해 입사하는 'Success'가 발생했을 때 해당하는데, 합격 연봉을 기준으로 회사와 약정된 15~25% 수준이 수수료가 되고, 그중 써치펌과의 약속에 따라 약 70%가 헤드헌터 몫입니다. 본인이 직접 콘택트에 성공하면 70%를 받지만, 다른 헤드헌터와 협업하면 50:50으로 나눕니다. 저는 25년 가까운 마케팅 업무 중 수많은 채용과 면접관 경험, 이력서 심사를 해 봤기에 적성이 맞을 것 같아 우연히 도전해 봤습니다. 겉보기엔 화려해 보이지만, 이 직업은 특성상 적지 않은 어려움이 있습니다.

일단 회사가 여러 써치펌에서 추천을 받기 때문에 내부 경쟁

 인생을 바꾸는 공부머리, 일머리, 돈머리

뿐 아니라 타 써치펌과의 경쟁도 치열해 '모래알 속 진주'를 찾는 일이 절대 쉽지 않습니다. 우선 지원자 이력서를 받는 게 시작이고, 서류 전형 통과가 1차 관문입니다. 회사의 규정에 따라 1·2차 면접이 진행되는데, 헤드헌터는 이에 맞춰 가이드 역할을 합니다. 때로는 서류 합격자도 면접 참여를 포기하기도 하죠. 면접까지 통과하면 처우 협상을 맡게 되는데, 회사와 후보자 입장을 잘 중개해 최종 합격으로 이끄는 과정이 핵심입니다. 처우 협상 후 입사 날짜를 조율하고, 후보자가 실제 입사하면 회사로부터 써치펌으로 수수료가 입금되고, 그다음 헤드헌터 통장으로 성공 보수가 들어옵니다. 이 일련의 과정이 최소 몇 개월 걸리기에 초보 헤드헌터는 처음 4~5개월간 수입이 없을 수 있습니다. 모든 일이 그렇지만 헤드헌터도 단순히 돈만 좇는 직업이 아니라, 인재를 잘 추천해 성공을 이뤘을 때의 보람으로 지속되는 일입니다. 콘택트 방식은 헤드헌터마다 각자의 스타일이 있고 정답은 없습니다. 적성에 맞아 어느 정도 성공을 맛본 사람은 계속하지만, 중도 포기자도 많습니다. 가장 큰 장점은 시간을 스스로 통제할 수 있다는 점이지만, 반대로 '엉덩이 싸움'이 치열합니다. 좋은 인재를 찾으려면 본인의 노력과 운이 함께해야 인연이 맺어집니다.

어떤 분야에서 성공하려면 그만큼 남모르는 노력과 노하우가 쌓여야 합니다. 결국 공부나 일이나, 모두 자신과의 싸움인 것 같습니다. 집을 살 때도 중개 수수료가 아깝게 느껴지지만, 집 값이 오르면 금세 잊히고 오히려 중개인을 고마워하게 되죠. 마찬가지로 내 커리어와 몸값을 올려 적합한 포지션에 추천해 주는 헤드헌터가 있어 회사도 인력 공백 없이 더 발전할 수 있습니다. 사람의 능력을 읽어내는 눈과 귀는 하루아침에 생기는 게 아니기에, 오늘도 어딘가에서 묵묵히 인재를 찾고 계신 헤드헌터분들의 노고에 진심으로 감사드립니다.

서류 심사와 면접,
연애의 공통점

학교든 회사든, 우리는 원하는 곳에 합격하기 위해 서류를 준비하고 면접이라는 마지막 관문에 서게 됩니다. 면접의 기회를 얻는 것만으로도 행운입니다. 이는 상대방이 나의 이력과 경험에 호감을 느끼고, 직접 만나 이야기를 나눠보고 싶어 한다는 뜻이기 때문입니다. 물론 면접에서 아쉬운 결과를 얻을 수도 있습니다. 그러나 그것을 실패로 받아들이기보다, 나와 회사가 서로 잘 맞는지를 확인해 가는 과정이라 생각하고 다음 기회를 준비하는 편이 좋습니다. 그렇게 합격한 회사라 해도 처음부터 완벽히 맞는 경우는 드뭅니다. 적어도 2년 정도는 조직과 호흡을 맞추려는 노력을 해 보는 것이 필요하다고 생각합니다. 만약 아무리 노력해도 방향이 다르다고 느껴진다면, 자신과 회사를 위해 빠르게 결정을 내리는 것도 현명한 선택입니다. 하지만 충분한 고민과 시도 없이 단지 편안함만을 좇아 더 나은 회사를 찾으려 한다면, 그건 결국 자기 성장의 기회를 잃는 일일지도 모릅니다.

남녀 사이의 연애 또한 마찬가지라고 생각합니다. 서로 짝을 찾기 위해 노력한 끝에 만난 관계라면, 연애의 과정 속에서도 상황에 따라 서로를 향한 배려가 필요합니다. 경제적인 여건을 비롯한 여러 이유로 평균 초혼 연령이 꾸준히 높아지고 있지만, 만약 결혼으로 이어진다면 연애할 때보다 더 큰 배려와 함께 서로를 위한 일정한 희생이 요구될 수 있습니다. 인생의 동반자를 찾아 남은 생을 함께한다는 일은, 단순히 자연의 섭리를 따르는 동물의 삶과는 다른 차원의 선택이라고 느껴집니다. 물론 오늘날에는 이혼이나 졸혼이 과거보다 흔해진 것도 사실입니다. 어쩌면 결혼이란 인간의 나약함 속에서 누군가에게 기대고 싶은 마음으로 동반자를 찾는 과정일지도 모르겠습니다.

그럼에도 불구하고 결혼은 여전히 행복을 향한 가장 소중한 선택 중 하나가 아닐까 생각합니다. 2023년 11월 통계에 따르면, 30대 미혼 남녀의 비율은 평균 51.3%에 이르며, 특히 남성의 비율이 더 높다고 합니다. 마흔에 가까운 나이에도 절반 이상이 미혼이라는 사실은 씁쓸함을 남깁니다. 결혼이 늦어질수록 출산율이 함께 낮아지는 것은 자연스러운 흐름일 수밖에 없습니다. 건강한 사회와 국가로 나아가기 위해서는, 젊은 세대가 부담 없이 연애하고 결혼을 고민할 수 있도록 보다 열린 사고와 선택의 기회를 제공하는 것이 무엇보다 중요하다고 생각합니다.

 인생을 바꾸는 공부머리, 일머리, 돈머리

면접의 핵심은
'기세'

태어나서 죽을 때까지 우린 참 많은 인터뷰를 경험합니다. 외고나 국제고와 같은 특목고 입시부터 대학교 수시 입학 면접은 기본이고, 입사 면접에 이르기까지 본인이 원하는 곳에 합격하기 위해서는 필수 코스가 되었습니다. 회사에 입사하더라도 경력직 이직을 위해 또다시 몇 번의 면접을 봐야 할 수도 있습니다. 어느 정도 리더의 자리에 올라가면 면접관으로서 인터뷰에 참여하기도 합니다. 연애를 위해 남녀가 만나는 것도 서로의 인터뷰 과정이 아닐까 합니다. 은퇴 후에도 새로운 도전을 위해서 면접이 또 필요할 수도 있을 것 같습니다. 경쟁에서 살아남고 새로운 시작을 위해서 필요한 관문이겠지만, 서류 합격 후 최종 합격을 위해 끝까지 치열하게 싸워야 하는 현실이 안타깝습니다. 어려서부터 '읽기와 쓰기'가 가장 기본인데, '말하기'에 대한 비중이 더욱 중요하게 느껴집니다. 특히나 요즘에는 수험생 자소서와 면접을 위한 전문 학원도 있고 가격도 만만하지 않다고 하니, 그만큼 수요와 공급의 원칙에 따라 시장이 형성된 듯합니다. 인터뷰에서는 사실을 기반으로 얼마나 잘 표현하는가가 핵심이고, 일종의 '기세'가 가장 중요합니다.

저도 여러 번의 면접을 경험했고, 면접관으로 참여한 적도 많습니다. 제가 생각하는 중요한 기준은 '자신감'과 '정직함'입니다. 기본적인 업무 역량과 스킬이 검증된 이후에는, 당당한 자신감과 진솔한 가치관에서 드러나는 인성이 최종 관문이 됩니다. 지나치게 겸손한 태도보다는, 예상 질문을 충분히 준비해 자신을 효과적으로 표현하고 '자기 마케팅'을 하는 과정이라고 생각하면 좋습니다. 결국 지금은 자기 PR 시대이기 때문입니다. 인터뷰를 너무 부담스럽게 여기기보다는, 즐기는 마음으로 임하는 것이 오히려 좋은 결과로 이어질 수 있습니다. 그러기 위해서는 많은 준비와 경험이 필요합니다. 설령 면접에서 탈락하더라도, 그 경험을 토대로 복기하며 다음 기회를 준비하는 긍정적인 자세가 중요합니다. 인터뷰는 결국 나와 회사의 '궁합'을 서로 확인하는 자리이기에, 떨어졌다고 해서 내 실력이 부족하다고 자책할 필요는 없습니다. 단지 다른 지원자가 그 회사의 인재상과 더 잘 맞았을 뿐이라고 생각하는 편이 좋습니다. 마지막으로, '절박함'에서 우러나오는 진심이 면접관에게 전달될 때 가장 큰 감동을 줍니다. 면접 기회를 얻는 것 자체도 행운이며,

   인생을 바꾸는 공부머리, 일머리, 돈머리

기회는 늘 준비된 사람에게 찾아옵니다. 그러니 언제나 준비된 자세로 기회를 잡을 수 있도록 노력해야 합니다.

리더의 상실 시대,
인성과 품격

    책을 읽다가 그 속에서 영감이 강력하게 남아있기도 하지만, 때로는 라디오에서 나오는 이야기들이 강한 인상으로 남아 기억에서 잊히지 않을 때가 있습니다. 아침 라디오에서 삼국지를 기반으로 사건과 인물을 재조명한 이야기가 머릿속에 하루 종일 맴돌았습니다. 이날의 주제는 관우와 장비의 죽음을 통한 리더의 인격과 관련된 이야기였는데, 한국사도 아닌 중국 역사에 큰 관심은 없었지만 흥미로웠습니다. 당시 위나라 · 촉나라 · 오나라의 삼국시대에 유비의 촉나라와 손권의 오나라는 조조의 위나라를 견제하기 위해서라도 반드시 동맹을 유지해야 하는 상황이었습니다. 손권이 자기 아들과 관우의 딸과의 혼인을 요청하였으나, 관우는 크게 호통치며 손권에게 모욕을 주고 혼인을 허락하지 않습니다. 손권은 관우가 자신을 가벼이 여긴다고 생각하게 되어 동맹을 깨고 관우를 죽이게 됩니다. 관우가 죽은 이듬해, 장비는 심한 매질로 불만을 품은 부하들로 하여금

술 취해 잠든 사이에 죽임을 당했습니다. 젊은 시절 유비와 함께 복숭아나무 아래에서 도원결의했을 때의 관우와 장비는 천하를 얻고 난 뒤, 초심을 잃고 결국 허무한 죽음을 맞이하게 됩니다. 리더의 품격은 시간이 지날수록 더 빛이 나고 품위가 있어야 합니다. 한순간의 그릇된 생각이나 도덕적인 해이로 인해 조직은 와해할 수 있습니다. 결국 조직의 내부 구성원들도 실력 있고 품성 있는 인재를 채용하고 성장시켜야 하지만, 올바른 인성과 품격을 갖춘 임원을 채용하는 일이 조직에서는 가장 중요합니다. 회사와 리더로부터 배울 것이 없고 성장 기회가 없다고 판단한 젊은 직원들이 하나둘씩 회사를 떠나고 회사가 평판이 안 좋아지면, 좋은 인재가 입사할 확률도 떨어시고 회사의 수준이나 브랜드 가치는 점차 낮아지게 됩니다. 임원들의 업무 능력과 함께 도덕적인 사고방식들이 조직의 성공적인 발전과 지속 가능성을 좌우할 수 있습니다.

바야흐로 리더의 상실 시대가 도래하고 있습니다. 적합한 리더의 유형은 세월에 따라 많이 변해왔습니다. 삼국지에 나오는 인물에 비유하자면 장수 기질의 용장인 '장비형 리더'가 있기도 하고, 제갈량과 같은 '지장형 리더' 또는 유비와 같은 '덕장형 리더'가 존재합니다. 결단력과 실용주의를 기반으로 한 조조의 리더십이나 균형과 협력을 잘했던 손권의 리더십이 주목받기도 했습니다. 개인의 인격이나 조직이 원하는 역할에 따라 스타일과 타입이 구분되기도 합니다. 하지만 개개인의 성향과는 상관없이 조직 내에서 리더십을 올바르게 유지하는 것이 결코 쉬운 일은 아닙니다. 저도 2017년부터 팀의 리더 역할을 8년 넘게 해보았지만, 실무의 역할과는 다른 부담이 존재합니다. 리더는 팀을 좋은 방향으로 이끌어가는 조타수 역할도 해야 하고, 조직의 성과를 내야 하는 목표도 가지고 있어야 합니다. 한때는 팀원의 인원수가 10명이나 되어 마치 본부 개념처럼 움직였던 적도 있었고, 갑작스러운 임원의 부재 속에 CEO에게 직보하면서 조직을 이끌어가야 했던 기억이 있습니다. 업무와 병행하면서 조직 측면에서 각 팀원을 일일이 챙기는 것도 여간 까다로운 일이 아닐 수 없습니다.

문제는 리더 스스로가 알지 못하는 사이에 리더십이 붕괴하는 경우가 잦다는 것입니다. 본인은 '나는 잘하고 있다'라고 믿고 있지만, 어느 순간 관계는 멀어지고 서서히 균열이 생기기 시작합니다. 리더에게는 시시각각 본인이 마음 내키는 대로 지시하고 실행하는 것이 아닌 일관성이 중요합니다. 팀원들을 대할 때도 경청하면서 의견을 잘 들을 줄 알아야 하고, 형식적인 피드백이 아닌 진심 어린 조언을 해주어야 합니다. 본인이 중심이 되어 문제를 다 해결하려 하면, 어느새 팀원들은 소외되고

　　　　인생을 바꾸는 공부머리, 일머리, 돈머리

열정이 식어버립니다. 작은 신호를 감지하고 무너진 신뢰 회복을 위해 끊임없이 대화하고 소통해야 합니다. 연봉도 중요하지만, 직장 내에서 발전이 없고 더는 배울 것이 없거나 존재 가치가 소외되면 조직원은 이탈하게 됩니다. '본인이 꼰대가 아니라고 하는 순간 꼰대이다.'라는 말이 있듯이, 꼰대임을 스스로 인정하고 항상 노력해야 합니다. 리더는 위에서 치이고 아래에서도 치이는 외로운 자리입니다. 정신적인 스트레스를 건전하게 덜어내면서 오늘도 파이팅하는 이 시대의 모든 리더를 응원하겠습니다.

존경받을 수 있는 어른,
리더의 무게

어떤 조직에서나 리더는 있기 마련입니다. 스포츠 경기에서의 리더는 주장이 될 수도 있고 감독이나 코치가 될 수도 있습니다. 기업에서는 팀장이나 임원이 리더의 역할을 합니다. 오너 회사의 경우 오너리스크(재벌 회장이나 대주주 개인 등 오너의 잘못된 판단이나 불법 행위로 인해 기업에 해를 입는 것) 문제로 회사가 위기에 처한 사항을 많이 봤습니다. 내부나 외부에서 리더의 발탁은, 개인적인 실력보다도 조직을 이끌어 갈 수 있는 리더십과 인성 등을 더 중요시하는 경우가 많습니다. 조직원 한 명이 물을 흐리기도 하지만 리더 한 명의 잘못된 사고와 판단으로 전체적인 조직을 망가트리는 경우는 비일비재합니다.

두산그룹의 예전 광고 문구였던 '사람이 미래다.' 이 말은, 신입사원을 포함하여 전체 조직원의 인재 채용에 무게 중심을 두고 있습니다. 그 전에 조직은 '리더를 잘 선택해야 한다.'라고 생각합니다. 기업마다 리더 발탁의 기준은 다르겠지만, 가장 중요

     인생을 바꾸는 공부머리, 일머리, 돈머리

한 건 인성과 품격입니다. 이는 하루아침에 완성되지 않으며, 리더의 실력 이면에서 직접적으로 드러나지 않지만 언젠가는 숨길 수 없는 인품, 즉 '사람 됨됨이'를 의미합니다. 좋은 리더를 둔 회사도 운이 좋지만, 좋은 리더와 함께 일하는 기회를 얻는 것은 직원들에게도 행운입니다. 회사 가치 및 문화와 더불어 업무 및 업무 외적으로 어른에게서 배울 수 있는 소양을 얻어가기 때문입니다. 리더는 항상 외로울 수 있고 조직의 비전을 제시하며 조직을 이끌어 가야 하지만, 그러한 리더의 무게에 가장 중요한 모티베이션은 연봉보다는 자부심이 되어야 하지 않을까 합니다. 모두 그러한 리더의 무게를 느끼고자 하지만 기회는 많지도, 오래가지도 않습니다. 리더의 무게와 건강을 서로 바꾸지 않도록 해야 하며, 무게를 내려놓는 순간 후회하지 않도록 매 순간 최선을 다하는 이 시대 리더들의 어깨를 두드려 드리고 싶습니다.

전 직장에서 존경하던 임원 한 분이 계셨습니다. 해마다 첫눈이 오면 직원들과 밖에 나가서 사진을 찍는 연례행사도 하셨고, 내부 본부원뿐 아니라 주위의 다른 본부 직원들도 매우 살갑게 챙겨주시는 분이셨습니다. 같은 층에서 근무한 적이 있었는데, 당시 야근하던 저에게 포도 주스를 마시라고 하시면서 와인을 한 잔 건네셨던 기억이 납니다. 함께 일을 했던 부하 직원이 다른 회사로 갔다가 임원분의 권유로 다시 복귀하는 날, 복귀하는 직원을 저도 알기 때문에 임원분께 느낌이 어떠시냐고 여쭸습니다. "집 나간 며느리가 다시 돌아오는 기분이라고 할까요?"라고 말씀하셨을 때 '이분은 직원들을 대하는 마음이 정말 찐이구나.'라는 생각이 들었습니다. 업무 분야도 전문성과 더불어 단호한 부분이 있으셔서 배울 점이 매우 많은 분이셨습니다. 회사를 그만두고 나서 해마다 안부 인사를 드렸었는데, 어느 순간부터 연락을 못 드리게 되다 보니 계속 미루게 되어 죄송스럽습니다. 제가 있었던 당시의 임원분들은 대부분 변경되셨는데, 이분은 계속 주요 위치에서 회사를 지키고 계십니다. 물론 제가 알고 있는 부분이 전부가 아니기 때문에 치열하게 애쓰신 부분도 있으실 거라 생각합니다.

모름지기 회사의 임원이라는 직책을 떠나 어른이라면 그런 인성과 품격을 갖추어야 하고, '존경'이라는 단어는 마음에서 우러나오는 진정성이 내포되어야만 더 빛을 발하는 것 같습니다. '우리는 늙어가는 것이 아니라 조금씩 익어간다.'라는 〈바램〉의 노래 가사처럼 겸손한 마음으로 주위에 아무런 허물없이 존경받을 수 있는 어른이 되어야겠습니다.

   인생을 바꾸는 공부머리, 일머리, 돈머리

〈서울 자가 대기업 김 부장 이야기〉의 공감

몇 해 전 서점에서 너무 인상적으로 읽었던 책이, 웹툰과 더불어 얼마 전 드라마로 방영되는 것을 보고 깜짝 놀랐습니다. 더군다나 지상파도 아닌 JTBC 종편에서 방영하는 드라마가 큰 화제가 되고 인기를 얻는 것을 보고는 역시 사람의 눈은 똑같다는 것을 느꼈습니다. 이 드라마의 주인공인 '류승룡' 배우가 캐릭터와 너무 찰떡이라 몰입감이 더 되기도 하지만 가장 핵심은 공감인 것 같습니다. 제목만 봤을 때는 이 시대에 '남 부럽지 않게 잘 나가는 김 부장의 에피소드 정도인가.' 할 수도 있지만, 궁극적으로는 현재 '대한민국의 40대 후반에서 50대 초반 가장들의 삶을 보여주는 짠한 이야기'라고 보입니다. 원작인 책을 기반으로 만들긴 했지만, 영상에서는 약간의 디테일이 더 살아 있었고, 김 부장 외에도 주변 인물들이 모두 나를 둘러싼 느낌이라 왠지 모르게 몰입감이 더 생겼습니다. 강남은 아니지만 서울에 자가를 소유하고 대기업에 다니는 것만으로도 어느 정도

자수성가했다고 느껴질 수 있습니다. 그러나 그렇게 이루어진 삶이 새로운 시작을 알리는 경종이 되고 있음을 깨닫는 순간에는, 주인공뿐 아니라 그를 둘러싼 가족들 또한 같은 감정을 느끼게 됩니다. 실직과 더불어 급한 마음에 사기까지 당하는 상황에서 가족 구성원들이 함께 극복하는 휴머니즘을 보여주고 있습니다. 몇 달 전에 개봉하여 국제적으로도 큰 호평을 받고 최근 청룡영화제에서 작품상을 받은 박찬욱 감독의 〈어쩔 수가 없다〉라는 영화 역시 결은 다르지만, 이 드라마와 비슷한 맥락과 소재로 이루어진 블랙 코미디가 아닌가 싶습니다.

이러한 소재들의 작품들이 공감을 얻는 것은 국제 정세와 세계 경제를 떠나 대한민국을 비롯한 현 사회에 속한 구성원들이 얼마나 치열하게 하루하루를 살아가고 있는가, 또는 살아가야 하는가에 대한 질문에 관객과 시청자들이 그나마 긍정적으로 답을 하고 있기 때문이지 않나 싶습니다. 저에게도 대학생인 딸과 이제 고3이 된 아들이 있지만, 초고령화 사회에 접어들고 인구가 줄어들고 있는 상황에서 젊은 층들에게 우리 사회가 많은 짐을 주지 않았으면 하는 바람이 크고, 이 시대의 중년들은 희망의 끈을 놓지 말고 계속 정진했으면 하는 간절함을 글로 담아 봅니다.

 인생을 바꾸는 공부머리, 일머리, 돈머리

스타트업의
열정과 패기

최근 넷플릭스를 통해 〈매드 유니콘〉이라는 태국 드라마 시리즈를 인상 깊게 봤습니다. 어려운 가정환경에서 제대로 된 교육조차 받지 못한 한 청년이 타고난 재능과 뛰어난 사업 감각으로 거대 기업에 맞서며, 작은 택배 사업을 유니콘 기업으로 성장시켜 나가는 과정을 그린 시리즈입니다. 물론, 그 과정에서 본인의 아이디어를 빼앗기거나 배신을 당하기도 하면서 거대 대기업과의 경쟁이 치열하게 담겨 있습니다. 제가 지금까지 해왔던 마케팅 업무와도 유사해서 더 몰입하게 되지 않았나 생각됩니다. 영화에서는 거대 기업의 회장과 그의 아들이 등장하는데, 회장은 본인이 어렵게 회사를 일군 경험을 알기 때문에 주인공이 성공하기 전에 처음부터 싹을 자르려고 합니다. 아버지에게 능력을 보여주고 싶지만, 생각대로 잘 안되고 계속 부적절한 방법으로 해결하려는 아들은 결국 실패하고 자신감을 잃게 됩니다. 한국 전쟁 이후 우리 사회도 다양한 분야에서 성공을 이룬 회사들이 많고 세습 경영이 이루어져 지금까지 발전해 왔습니다.

때로는 주인공과 같은 작은 경쟁사들도 있었지만, 각자의 방식으로 지속 성장을 해왔습니다. 학창 시절 아버지가 힘들게 일궈 온 회사를 지켜보면서 자연스럽게 경영 수업을 받은 2세들은 저마다의 포부와 능력을 펼쳐서 새로운 사업 다각화를 이루곤 합니다. 반면, 소위 태어날 때부터 금수저라 회사가 힘들게 커 온 과정을 잘 모르거나 회사 경영보다 다른 꿈이 있는 자녀들은, 회사 경영에 관심이 없거나 스트레스로 인한 일탈을 통해 사회에 비치기도 합니다. 이런 사람을 조직의 리더로 모시면서 함께 일하는 건 쉽지 않을 것 같습니다.

저는 회사의 오너도 아니고 부자가 아니라 그런 걱정을 할 필요는 없어 다행입니다만, 결국 제 자식들이 절실함과 간절함을 가지고 본인이 하고 싶은 일을 하면서 즐겁게 세상을 살았으면 하는 바람입니다. 오히려 현재의 우리 사회는 젊은 세대들에게 도전과 실력을 펼칠 기회를 많이 보장해 주어야 합니다. 국내뿐 아니라 글로벌 인재로 키우고 국가가 지속 성장하고 발전하기 위해서는, 젊었을 때부터 해외로 나가려는 인재들을 붙잡을 수 있는 기회와 함께 제도적인 장치들이 필요합니다. 커다란 기업의 구성원보다는 참신한 아이디어를 가지고 스타트업으로 시작하는 이 시대의 많은 젊은 세대들을 응원하고 싶습니다.

   인생을 바꾸는 공부머리, 일머리, 돈머리

혁신의 아이콘,
독수리

'혁신의 아이콘' 하면 흔히 애플의 창업자인 스티브 잡스나 테슬라의 일론 머스크가 생각나기도 합니다. 혁신은, 기존의 틀을 깨고 새로운 가치를 창출한 인물이나 기업, 기술, 제품들을 의미합니다. '혁신'의 본질적 아이콘은 독수리입니다. 독수리는 수명이 약 70년이라고 합니다. 그러나 70년 수명을 채우기 위해서는 마흔 살 정도에 어려운 결정을 해야만 하는데, 이 나이가 되면 발톱이 안으로 굽어들고 날개는 앝아지지만, 깃털은 두꺼워져 사냥은커녕 날기조차 힘든 상태가 됩니다. 이때 독수리에게는 2가지 선택만이 남습니다. 죽든지, 아니면 새롭게 거듭나든지. 새로 태어나기 위해서는 목숨을 건 고통이 뒤따릅니다. 독수리는 높은 산 둥지에 앉아 무딘 부리를 바위에 쳐서 부러뜨리고 새로운 부리가 나오게 합니다. 날카로운 새 부리가 나오면 오그라진 발톱을 뽑고, 다시 새 발톱이 나오면 낡은 깃털을 뽑아냅니다. 새로운 부리, 날카로운 발톱, 반짝이는 날개를 가진 독수리는 30년을 더 창공을 날 수 있게 되는 것입니다.

회사든 개인이든 이러한 혁신을 하지 않으면 도태됩니다. 특히 개인적으로는 지속적인 학습과 동시에 변화에 민감해야 한다고 생각합니다. 독수리와 같이 전체 인생의 약 60%가 지난 시점에서 혁신이 필요하기도 하지만, 정해져 있는 시점 없이 상황에 따라 가변적일 수 있습니다. 혁신은 일회성이 아닌 끊임없이 반복되어야 할 수도 있습니다. 내면에서 스스로 빛을 내면서 새로운 시작을 준비하는 이 시대의 모든 혁신가에게 응원의 박수를 보냅니다.

새로운 도전의 힘은
자존감으로부터

학업이나 진로의 목표를 정하고 정진한 뒤, 지원을 하고 합격의 기쁨까지 누리는 건 커다란 행운이자 행복입니다. 그런 목표 달성을 위해 끊임없이 노력하는 것이 인생일지도 모르겠습니다. 그러다 지치면 잠시 쉬어가면 되는데, 중도에 포기하고 자책까지 하기도 합니다. 어린이집 추첨부터 시작한 인생은, 학원에서의 레벨 테스트와 학교 성적표에 따라 원하는 곳 또는 원하지 않아도 성적에 맞추어 진학하게 됩니다. 취업 문을 두드리기 위해 또 한 번, 학교 성적 외에도 다른 스펙을 쌓기에 바쁩니다. 어렵게 들어간 회사에서는 매년 평가를 통해 승진과 성과급이 결정되는데, 평가에 뒤처지고 후배보다도 연봉에서 거꾸로 차이가 나면 다시 한번 좌절하게 됩니다. 목표를 달성했다고 해서 끝이 아니라 새로운 시작이 되고, 인생은 성적표라는 꼬리표에서 벗어나질 못합니다. 결국 어떤 계기가 오거나, 올라갈 때까지 올라간 뒤 내려올 일만 남았을 때 깨닫게 됩니다. "이러한 인생에 끌려다니면 안 되고 내 삶을 살아야겠다고."

딸이 대학교 입학하자마자 1학기에 장학금을 받더니 2학기에도 열심히 공부합니다. 아들도 고등학교 2학년 이후부터 스스로 정신을 차린 듯합니다. '칭찬은 고래도 춤추게 한다.'라는 말처럼 주변에서 칭찬을 통해 자신감을 북돋아 주는 건 매우 중요합니다. 저도 회사에서 팀장 역할을 하면서 후배 직원들의 성장을 위해 일단 장점을 더 부각하는 것에 초점을 두었습니다. 팀원이 많을 때는 맞춤형 코칭이 필요한데, 일을 잘하는 친구는 디렉션만 정확히 전달하고 간섭을 별로 하지 않습니다. 반면, 상대적으로 약간 뒤처지는 직원은 좀 더 신경을 써서 팀워크를 위해 끌어올리려 노력했던 것 같습니다. 회사나 집에서도 칭찬을 해주면 분위기도 좋아지고, 능률이 향상됩니다.

하지만, 그보다 더 중요한 건 본인의 자존감입니다. 무언가 노력을 했는데 성취감을 얻으면 더 성장하게 되고, 자존감이 높아져서 칭찬 이상의 역할을 하게 됩니다. 자존감은 주변에서 도와줄 수도 있지만 스스로 얻어내는 힘이 더 중요합니다. 어릴 때부터 자신을 스스로 가치가 있다고 여기고 자존감이 높은 아이들은 커서도 쉽게 지치지 않고 해내려는 힘이 강합니다. 나이가 들어서도 무엇이든 새로운 것을 계속 도전하는 힘은 자존감에서 나옵니다. 나 자신을 스스로 존중하고 나를 사랑하는 내면의 믿음으로, 남은 인생을 더 멋지게 설계해야겠습니다.

Part 2

인생을 바꾸는
공부머리, 일머리, 돈머리

공부머리, 일머리, 돈머리는 다르다

대한민국은 영토 면적이 작고 천연자원이 상대적으로 부족하지만, 인적 자산으로 성장을 해왔습니다. 인구 감소나 사교육의 문제를 떠나 학업에 대한 열정이 다른 어느 나라들보다도 뛰어납니다. 공교육 시스템이나 사교육 열풍에 관한 이야기는 잠시 내려두겠습니다. 다만 그렇게 노력해서 좋은 학벌을 얻고 취업을 한 뒤 얻은 직장에서의 성과는 반드시 학벌의 순위와 일치하지는 않습니다. 직장에서도 뛰어나게 두각을 나타내는 직원들은 학벌 외에 다른 능력들이 있습니다. 학벌은 계속 따라다니는 꼬리표가 될 수 있겠지만, 일부는 누구나 인정하는 최고 대학을 나왔는데도 불구하고 성과가 좋지 않으면 오히려 역효과를 가져오기도 합니다. 제가 지금까지 경험한 기준으로는 공부머리와 일머리는 다릅니다.

한편, 공부머리나 일머리가 좋다고 해서 경제적으로 반드시 성공한다는 보장 또한 아닙니다. 다른 조건들은 똑같다는 가정하에 비슷한 연봉으로 출발하여 연봉 차이는 없더라도, 금융 지식을 가지고 어떻게 자산을 증식했느냐에 따라 20년 후 자산의 상황이나 노후는 많이 달라질 수 있습니다. 부동산 또는 주식 같은 금융 자산에 대한 증식 등 방법은 다를 수 있겠지만, 은퇴 시점에서의 자산은 중요한 의미를 지닙니다. 물론 인생의 목표나 성공의 잣대가 '경제적인 부'의 추구만을 의미하지는 않습니다. 다만 공부를 잘한다고 해서 일을 잘하거나 부자가 된다는 보장은 없고, 일을 잘하면 연봉 상승은 있을 수 있겠으나 연봉의 축적 외에 자산을 증식하는 능력은 또 다른 이야기라는 점을 말씀드리고 싶습니다.

공부머리와 일머리까지 가졌는데 돈머리까지 있다면 금상첨화겠지만, 각자 다른 능력치를 어떻게 발현시킬지는 본인이 얼마나 준비하는가에 달려 있습니다. 뒤늦게 공부에 매진하여 학자로서 명성을 떨칠 수도 있고, 신입사원일 때 없던 일머리가 팀장이 되어 남다른 리더십으로 발현되기도 합니다. 돈머리는 태어날 때부터 누구나 갖고 있는 재능은 아닙니다. 어렸을 때부터 금융 공부를 해야 하고 성인이 되어서도 늦추면 안 됩니다. 공부머리와 일머리 돈머리는 다릅니다.

 인생을 바꾸는 공부머리, 일머리, 돈머리

경제 문맹 탈출,
금융 조기교육

자녀들에게 경제관념을 조기에 일깨워 주는 것은 매우 중요합니다. 영어와 수학 등 조기교육 열풍은 거세지만, 실물 경제는 입시 필수 과목이 아니기에 대부분 뒤늦게 스스로 깨닫고 공부하게 됩니다. 경제 문맹이 되지 않기 위해서는 스스로 노력해야 하는데, 어렸을 때부터 부모의 역할이 큽니다. 성인이 되면 주식계좌를 만들고 직접 본인이 선택한 종목에 한 주라도 매수하는 것은 전반적으로 경제에 관심을 두게 하는 시초입니다.

종목을 잘 고르거나 매수, 매도 타이밍을 잡는 것보다 더 중요한 건 인내심을 기르는 것입니다. 테마주보다는 우량주 중심으로 향후 유망한 분야의 종목을 오랫동안 보유하는 힘을 키워 주세요. 기초가 되는 경제 서적과 더불어 경제 관련 콘텐츠를 함께 보시고 자연스럽게 접하는 것이 중요합니다. 이왕이면 개인연금도 사회생활 시작 초기인 20대나 30대 초반에 빠르게 시작하는 것이 향후 유리합니다. 금융 자산에 대한 것뿐 아니라 부동산에 대한 부분도 마찬가지입니다. 가까운 은행에 함께 방문하여 미성년 자녀의 청약 통장을 개설하면서 작은 씨앗을 심어보세요. 아파트 분양이나 임장에 대한 직접적인 가르침이 없어도, 부동산에 스스로 눈을 뜰 수 있는 기회를 마련해주는 역할만으로도 충분합니다. '부의 대물림'보다 더 중요한 건 '경제 문맹의 대물림'이 되지 않도록 하는 것입니다.

가정경제 업무 분담은
신혼 초부터

가사 분담과 더불어 집안 살림과 같은 가정의 경제 활동이 매우 중요합니다. 여기에서 언급하는 경제 활동이란, 가계 수입보다는 저축과 소비와 같은 지출 중심으로 말씀드리고 싶습니다. 부모의 경제 활동이 자식들에게 미치는 영향은 크다고도 말씀드렸지만, 부부의 경제 활동은 서로 협의하되 둘 중 더 잘할 수 있는 사람이 중심이 되어 하는 것이 좋습니다. 저축, 주식, 채권과 같은 투자 상품 및 보험 등의 금융자산 관리뿐 아니라, 부동산도 마찬가지입니다. 가령, 남편은 금융자산 쪽에 더 해박하고 아내는 부동산 지식이 더 많을 수도 있습니다. 금수저나 건물주가 아닌 이상, 신혼 초부터 차근차근히 실행한 가계의 경제 활동은 자녀들이 성장한 20~30년 뒤 위력이 발생합니다. 초기 자금인 씨드머니를 마련하고 금융자산을 재투자하여 부동산으로 증식하는 방법은 익히 많은 책에서 설명이 되어 있습니다. 물론 여러 경제 서적에서 제시하는 내용을 바로 실천하기는 쉽지 않지만, 가계의 경제 활동을 위해서는 평소 경제 동향을 살피고 꾸준히 공부하는 자세가 중요합니다. 우리나라와 같이 국토 면적이 좁고 수출 위주의 특수한 상황에서는 더욱 그렇습니다. 시시때때로 변화하는 것이 정치뿐 아니라 경제 상황이기 때문입니다.

부부가 각자 다른 분야를 공부한 뒤 서로의 내용을 공유해도 좋고, 같은 분야의 책을 함께 읽으며 콘텐츠나 의견을 나누는 습관은 노후 대비는 물론 30·40대의 자산 형성에도 큰 힘이 됩니다. 저는 전공을 포함해 금융자산 분야에 관심과 지식이 많았고, 아내는 결혼 후 직장 생활을 하며 부동산 공부에 집중했습니다. 금융자산을 통한 종잣돈 담당은 제 몫이었고, 아내와 함께 임장하러 다니면서 부동산 투자를 병행했습니다. 출발선은 사람마다 다르지만, 직장 생활 초년기의 노력과 결혼 후 부부가 함께 시작한 30대의 가계 금융 활동은 20년 후, 혹은 노년기에 격차를 벌릴 중요한 기회임이 분명합니다.

세대별
경제 활동은 달라야

    사회생활 초년기에 금융 지식을 올바로 이해하고 미리 준비하는 것은, 20~30년 후의 나의 모습을 그리며 부를 설계하는 중요한 일입니다. 업무적인 스킬과 경력을 쌓는 동시에, 금융에 대한 커리어도 잘 쌓아야 합니다. 일단 씨드머니를 잘 모아야 하고 금융자산과 부동산에 대한 투자 계획을 체계적으로 진행합니다. 모든 것을 다 준비하는 것이 벅차겠지만 노후 대책도 빠르면 빠를수록 좋습니다. 청소년기에는 호기심을 자극하는 판타지 소설도 좋지만, 사회인이 된 후에는 자기 계발서와 금융 서적을 꾸준히 읽으며 이론과 지식을 쌓아가는 것이 중요합니다. 적극적인 자세로 실전에 임하며 시행착오를 겪는 가운데, 30대에는 보다 과감한 도전으로 기본 자산을 마련합니다. 40대에는 자산을 확장하는 단계로 포트폴리오를 통한 금융자산과 부동산 운용을 병행합니다. 50대 이후에는 자산을 지키는 단계로 접어들며, 새어나가는 돈이 없는지 점검하고 공격적인 투자보다는 배당주나 안정적인 금융 상품에 투자해 노후 설계를 다시 다질 시기입니다.

살다 보면 목돈이 필요할 때도 있고 계획하지 않은 지출이 필요한 경우가 생깁니다. 가입한 보험 상품은 가능하면 해지하지 않는 것이 좋습니다. 특히 초기 사업비가 들어가는 변액유니버셜 보험은 개인차가 있겠지만, 중도 인출이나 일시 납입 정지 기능이 가능하므로 장기간 유지할 자신만 있다면 중년 이후에도 활용하기 유리합니다. 세금을 절약할 수 있는 개인연금저축을 잘 활용하고, 발품을 팔더라도 임장을 자주 다니며 부동산 경험을 꾸준히 쌓는 습관이 중요합니다. 업무 경험이든 자산 증식의 경험이든, 기회는 준비된 사람에게 반드시 찾아옵니다. 그런 기회를 꼭 잡으시기를 바랍니다.

 인생을 바꾸는 공부머리, 일머리, 돈머리

소나기를 피하기 위한
경제 우산

요즘은 날씨를 알려주는 앱을 깔아서 실시간으로 일기 예보를 확인합니다. 편리해지긴 했지만, 기후 상황도 많이 바뀌어서 날씨 예측이 쉽지는 않습니다. 등교 또는 출근 전날이나 골프와 같이 날씨에 영향을 미치는 운동 전에는 관심을 많이 갖게 됩니다. 어느 지역에 언제 비가 오고 시간당 얼마나 내리는지에 따라, 우리는 옷차림이나 신발을 고르고 우산을 챙길지 말지를 고민합니다. 비의 양이 생각보다 적거나 바깥 활동 시간과 타이밍이 일치하지 않으면 굳이 우산을 챙기는 번거로움을 피합니다. 반면에 자식들에게는 비를 조금이라도 맞지 않도록 항상 우산을 챙겨주곤 합니다. 비가 그치면 우리는 종종 우산을 잃어버리거나, 괜히 귀찮다는 이유로 그냥 두고 오곤 합니다. 하지만 그렇게 가벼운 마음으로 발걸음을 옮긴 순간, 예고도 없이 다시 빗방울이 떨어지곤 하지요.

　살아가면서 우산과 같은 사람을 만나거나 우산과 같이 미리미리 챙겨야 하는 보험들이 간혹 있습니다. 보험 상품도 보험회사에서 손익을 생각하며 많이 생기기도 하고 변경되기도 합니다. 의료 기술이 나날이 발전하면서 새로운 특약들이 계속 생겨나고 있습니다. 하지만 결국 중요한 건, 실손보험 외의 암보험만큼은 최소한의 비용으로 꼭 필요한 보장을 준비해 두는 일입니다. 물론, 질병이 생기지 않는 것이 가장 좋지만, 우리의 앞일은 아무도 예측 못 하기 때문입니다. 아무리 건강을 회복하려 해도 갑자기 찾아온 병을 이겨내기 위해서 우선, 경제적으로 부담스러운 상황을 극복해야 합니다. 경제적으로도 미리 준비한다면 소나기를 피할 수 있습니다. 갑자기 예기치 못한 힘든 일이 찾아올 때, 우리는 우산과 같은 사람이 곁에 누구였는지 알 수 있습니다. 내가 먼저 내 곁의 많은 소중한 사람들의 우산이 되어야겠습니다.

　　　　　　　　인생을 바꾸는 공부머리, 일머리, 돈머리

우선 절약하는
소비 습관부터

소비 습관은 매우 중요합니다. 부를 쌓는 방법 중 저축을 늘리는 것보다도 절약하는 소비 습관이 우선입니다. 될 수 있는 대로 신용 카드 숫자를 최소한으로 줄이고, 지출 내용은 정기적으로 확인하는 습관이 필요합니다. 각 종의 혜택으로 유인되어 발급받은 신용 카드가 넘쳐나고, 결국은 제대로 활용을 못 하거나 작은 할인 혜택을 받으려 무리하게 과소비하게 됩니다. 매월 정기적으로 꼭 필요한 지출은 얼마이고, 이에 필요한 최소한의 카드는 무엇인지 확인 후 과감히 해지해야 합니다. 요즘엔 지역 상권을 위해 지역화폐 카드도 매월 혜택이 많고 사용처도 다양해지고 있으니 이를 적극 활용하는 방법도 좋습니다. 정수기, 비데 등 각종 렌털 서비스나 통신비 할인을 위한 카드도 혜택 기간이 끝나면 유지할 필요가 없습니다.

불필요한 지출은 없는지, 내가 지출한 내용이 무엇인지, 확인하는 습관으로도 의식적으로 절약을 하게 됩니다. 가계부를 일일이 쓰지 않아도 카드사 애플리케이션을 열면 한 달의 소비가 고스란히 드러납니다. 결제 내용을 살펴보며 나도 모르는 사이에 반복된 소비 패턴을 배우고, 다음 달엔 조금 더 현명해지길 다짐할 수 있습니다. 물론 지출 전에 소액이라도 저축 통장으로 자동 이체를 걸어두는 게 우선이고, 실제로 소비를 결정하는 순간에도 여러 번의 고민이 따라붙습니다. 잘못된 세 살 버릇은 여든까지 가기도 하고, 유년기부터 닦아온 좋은 습관은 중년에 빛을 발하게 됩니다. 남들과 있을 때 인색하게 보이는 모습이 아니라 스스로 낭비 없는 실천이 중요합니다. 내면의 아름다움이 겉을 더욱 빛나게 하는 이유입니다.

 인생을 바꾸는 공부머리, 일머리, 돈머리

위기 대응과
결핍의 결핍이 되지 않도록

소위, 위험과 기회를 '위기'라 부르는데 살다 보면 누구에게나 위기는 찾아옵니다. 위험이라 인식하면서도 기회라고 생각하고 잘 극복하면, 상황이 역전되는 경우가 종종 있습니다. 이러한 위기는 평상시 준비가 된 사람에게는 반드시 기회가 됩니다. 스스로를 믿고 자신 있게, 끊임없는 학습을 통해 어떤 변화에도 대비할 준비가 되어 있어야 합니다. 누구에게나 기회는 반드시 찾아오고 그 시점은 알 수 없습니다. 다만 기회가 찾아왔을 때 놓치지 않으려면, 자신만의 차별점을 만들기 위해 꾸준히 노력하되 너무 큰 욕심은 버리고 스스로를 너무 몰아붙이지 않았으면 좋겠습니다. 지나친 욕심은 오히려 화를 불러올 수 있고, 너무 애쓰다 보면 지치게 마련입니다.

학창 시절 자신이 잘하는 것이 무언지 스스로 발견하거나 많은 경험을 통해 발굴해 주는 건 큰 행운입니다. 누구에게나 저마다의 재능이 있습니다. 사회에서 신입사원일 때 일머리가 좋다는 이야기를 듣지 못해도 묵묵히 시간의 힘으로 극복하여 리더의 위치에서 더 큰 실력을 발휘하는 경우가 종종 있습니다. 반대로 재능이 있는 직원이 한순간에 무너지거나, 리더의 위치에서 한계가 있는 경우도 많이 보았습니다. 인생은 지나고 나면 한순간이고 짧게 느껴지지만, 다시 돌아올 수 없기에 그 여정을 결코 헛되이 보낼 수 없습니다.

좀 더 큰 그림을 그리고 장기적인 계획 속에서 하루하루 성장하는 자신에게, 성공에 대한 다짐을 매일 새겨야 합니다. 일에 지치고 상사와 부닥쳐도, 그것을 슬기롭게 대처하는 힘은 미래의 나 자신에게 기회로 보답합니다. 힘들어도 참고 버티라는 의미보다는 피하려 들지 말고 부딪혀 보는 긍정의 기회로 삼는 마음가짐이 중요합니다. 나이가 들어서 늦게 찾은 재능으로 제2의 또는 제3의 인생을 살아갈 수도 있습니다. 하고 싶은 일을 하면서 돈을 버는 것은 누구나 바라는 이상이지만 불가능한 현실은 아닙니다. 하지만 어떤 일이라도 그것이 돈벌이가 되면 힘들어지게 마련입니다. 스스로 자신의 결핍을 찾아 보완하려는 노력을 꾸준히 이어가다 보면, 어느새 자신도 모르게 발전하고 성장하게 됩니다. 결핍이 결핍되지 않는 나 자신이 되도록, 매일매일 하늘을 보면서 나와 약속해 봅니다.

『개미와 베짱이』
우화의 재해석

어릴 때 읽은 『이솝 우화』의 『개미와 베짱이』는 미래를 대비해 꾸준히 준비하는 것이 얼마나 중요한지를 보여주는 이야기입니다. 요즘에는 이 이야기가 재해석 되어서 또 다른 재미를 줍니다. 일의 능률 측면에서 바라볼 때, 한편으로는 베짱이가 더 낫다는 말이 있습니다. 또 베짱이는 어차피 한해살이 곤충이기에 개미처럼 겨울을 대비할 필요가 없다는 이야기도 있습니다. 평균 수명이 90세를 넘어 100세를 바라보는 젊은이들은 당장의 현실을 준비하느라 노후에 관한 관심이 약할 수밖에 없습니다. 월급에서 자동으로 빠져나가는 건강보험료도 부담스러운데, 여기에 실손보험료까지 이체되면 아쉬운 마음이 듭니다. 게다가 미래에 닥칠지도 모를 질병을 대비해 보험료를 더 부담하기에는 소득이 그만큼 넉넉하지 않습니다.

물론 여유가 있다면 부동산이나 주식에 투자하고, 보험도 여러 개 들어두면 마음이 놓이겠지만 결국에는 연령대와 경제 상황에 맞는 대처가 더 중요합니다. 금융사에서는 손실을 방지하기 위한 여러 안전장치를 마련해 두지만, 동시에 개인의 성향에 맞는 투자 상품을 추천해 주기도 합니다. 무엇보다 중요한 건 인지하고 실천하는 부분입니다. 금융자산이 많은 시니어층들은 부동산보다는 예금이나 금과 같은 안전 자산을 선호합니다. 20~30대는 인생의 기초를 다져가는 시기입니다. 이 시기에는 장기적인 관점을 가지고 공격적인 투자로 씨드머니를 마련하는 것이 중요합니다. 반면, 40세 이후부터는 이미 쌓아 온 자산을 효율적으로 운용하며 안정적으로 불려 나가는 전략이 필요합니다. 나아가 50세 이후의 중·장년층에게는 자산을 크게 늘리기보다, 그동안 모은 자산을 지키면서 꾸준하게 소득을 유지하는 것이 더 큰 의미를 가집니다. 지속적인 소득은 여가를 줄이면서 소비를 줄여주는 역할도 하기 때문입니다.

   인생을 바꾸는 공부머리, 일머리, 돈머리

미래 지향적인
부자 마인드의 삶

태어나 죽을 때까지 부자 마인드로 살아가는 것이 중요합니다. 끊임없이 배우고 익히고 본인 것으로 만들려고 하는 마음가짐은 2030이나 4050 이후에도 똑같습니다. 어릴 때부터 독서 습관이 자연스럽게 몸에 배도록 하는 것이, 아이들에게 돈을 쥐여주는 것보다 더 큰 선물입니다. 그리고 성인이 되어 사회생활을 하게 된 이후에도 시간을 내어 책과 가까이 지내려는 노력을 잃지 말아야 합니다. 중년 이후에는 책 읽기와 함께 글도 쓰면서 생각을 정리하는 시간을 가지면 마음도 정화됩니다. 퇴직이나 은퇴 후에도 자격증 취득이나 새로운 배움에 대한 열정을 잃지 않는다면, 육체와 정신의 노화 속도도 한층 더 느려집니다.

마케팅 업무를 꾸준히 이어왔지만, 최근 디지털 트렌드에 약하다는 생각이 들었습니다. 그래서 '퍼포먼스 마케터'라는 디지털 전문가 과정을 온라인으로 수강하고, 시험에 합격해 자격증을 취득했습니다. 물론 국가 자격증은 아니지만, 한편으로는 뿌듯했습니다. 앞으로는 강연도 해 보고 싶고, 사회 복지사나 심리 치료사와 같은 분야도 60세가 넘어 도전해 볼 생각입니다. 미래 지향적으로 계획하고 살아가는 사람의 삶은, 시간의 소중함을 알기에 당장의 금융자산을 소유하고 있거나 부동산 자산가보다 더 큰 부자입니다.

부의 증식과
가상화폐

　지금 우리가 살아가는 사회는 경기 침체 속에서도 이미 부를 가진 사람들에게는 오히려 자산을 더욱 늘릴 수 있는 기회가 되고 있습니다. 정권이 바뀐 이후 주식 시장은 호황이고, 규제는 강화되어도 부동산 상승세가 이어지고 있습니다. 세계 정국이 혼란스러워진 탓인지, 전에는 심리적으로 불안해했던 비트코인과 같은 가상화폐도 안전 자산으로 여겨지면서 거래소에서 가격이 지속 상승하고, 전통적으로 안전 자산이라 믿고 있는 금값의 상승 또한 여전합니다. 4가지의 자산 증식 방법 외에도 성향에 따라 채권이나 ETF(지수연동형 펀드) 등에 투자하시는 분들도 많이 있습니다. 호황기에는 이 중 최소한 어느 한 가지만이라도 집중하면 개인의 부는 따라오게 되어 있습니다. 최소한 버블이 꺼지기 전까지는 말입니다.

　저 역시 지금은 부동산과 주식에 집중하고 있지만, 한때 비트코인과 금을 보유했던 경험으로 볼 때 가상화폐는 장기적으로 상승 가능성이 있더라도 심리적인 안정을 위해 적극적으로 추천하고 싶지는 않습니다. 다만 여유 자금으로 핵심 가상화폐인 비트코인이나 이더리움만 어느 정도 구매 후 거래소 앱(App)을 지운 다음, 최소한 10년 뒤 다시 확인할 수 있다는 자신만 있다면 가능합니다. 그러나 가상화폐 시장은 주식과 달리 개장과 폐장 시간이 정해져 있지 않아 24시간 내내 열려 있습니다. 이러한 환경 속에서 우리의 심리적 욕심이 투자 판단을 더욱 어렵게 만듭니다. 차트 분석이나 객관적인 데이터로 미래를 예측하기 힘든 만큼, 그 결과는 오롯이 자신의 책임이며, 무엇보다 투자가 투기로 변해 건강을 잃지 않는 것이 가장 중요합니다.

거실 문화의 혁명이
가져온 변화

　지금의 집으로 이사 오기 전, 8년 전쯤에는 잠시 거실에서 TV를 치워볼까 하는 생각을 하기도 했습니다. 아이들이 초등학교 고학년에 들어서며 공부에 집중해야 할 시기였고, 스마트폰이 곧 TV를 대신할 거로 생각해 굳이 가족이 TV 앞에 모일 필요는 없을 것 같았습니다. 지금 생각해 보면, 그때 거실의 TV를 정말 치웠다면 어떤 변화가 있었을까 상상해 보게 됩니다. TV는 그대로 뒀지만, 과감히 소파는 없앴습니다. 대신 기다란 원목 테이블을 거실에 놓았습니다. 지금도 잘 활용하고 있는 이 테이블을 놓음으로써 거실 문화의 혁명을 가져오게 됩니다.

　일단 거실의 화분들과 함께 잘 조화를 이뤄서 분위기가 세련되어집니다. 가족들이나 손님들이 가끔 찾아오면 만찬의 장소로 활용도가 높아지고, 평상시에는 책을 보거나 차를 마시는 공간으로 분위기 좋은 카페가 됩니다. 밤이 되면 어두운 거실 내에 테이블 위에 있는 조명만으로 글쓰기에 최적화된 저의 서재가 됩니다. 이 테이블이 없었다면 이 책이 탄생하지 못했을 수도 있습니다. 주방에 있는 식탁은 가족용으로 쓰긴 하지만, TV를 없애지 않은 탓에 가끔은 테이블에서 TV를 보며 식사를 하기도 합니다. 소파가 없으니 TV 볼 때의 자세도 바르게 잡혔습니다. 소파를 제작하고 판매하는 회사들에는 죄송스럽지만, 소파의 역할은 딱 신혼 초까지 좋았던 것 같습니다. 단지 소파를 치우고 대신 테이블을 놓았을 뿐인데, 가족의 생활 방식이 달라졌음을 느꼈습니다. 그 변화를 경험하고 나니, 매일의 작은 선택과 결정 하나하나도 앞으로의 삶을 위해 조금 더 신중하게 바라보게 됩니다.

돈머리는 금융 지식과
실천에서부터

사회 초년생이 되면 월급을 어떻게 효율적으로 사용할지 고민하게 됩니다. 수입과 지출을 계산하고 남은 금액으로 저축을 하거나 필요한 곳에 소비하며 균형을 맞추려 노력하게 됩니다. 미래를 위해 투자도 하고 연금저축이나 보험도 가입하게 됩니다. 요즘 젊은 세대는 예전보다 훨씬 스마트하고, 경제에 대한 이해도 또한 높습니다. 다양한 정보를 스스로 찾아본 뒤 비과세 상품이나 꼭 필요한 보험만 신중하게 선택해 가입하곤 합니다. 한때는 지인의 추천으로 여러 보험에 가입했다가 나중에 해약하며 손해를 보거나, 시간이 지난 뒤에야 상품이 자신에게 맞지 않았다는 사실을 깨닫는 경우도 있었습니다.

예전에 사망보험금을 보장해 주는, 이른바 종신보험이 큰 인기를 끌던 시절이 있었습니다. 부부가 모두 일하는 것이 흔하지 않던 때라, 가장이 갑작스러운 사고를 당했을 경우를 대비해 남은 가족을 경제적으로 보호한다는 이유로 많은 중·장년층 남성들이 가입하곤 했지요. 물론 그런 보험이 나쁘다는 뜻은 아닙니다. 다만 시대의 흐름에 따라 필요한 보장의 형태가 조금씩 달라지고 있다는 점은 부정할 수 없습니다. 요즘은 맞벌이 부부가 늘어나면서 사망보험금보다 사고나 질병에 대비해 진단금이나 치료비를 보전해 주는 실질적인 보험이 더 중요하게 여겨집니다. 또한 10년이 넘는 기간 동안 납입해야 하는 저축성 보험보다는 절세 혜택을 활용해 주식이나 펀드 등 다양한 투자 상품에 눈을 돌리는 경향도 강해졌습니다. 시대가 바뀌며 '안정'의 기준 역시 조금씩 새롭게 정의되고 있는 셈입니다.

직장 생활을 하다 보면 일에 집중하느라 가입해 둔 금융 상품을 제대로 살피지 못하는 경우가 많습니다. 그러나 수입보다 더 깊이 고민해야 할 부분은 사실 '지출'과 '소비'입니다. 미래를 생각한다면, 금융 상품에 가입하기 전 충분히 알아보고 신중하게 결정해야 합니다. 이미 가입한 상품들도 가끔은 다시 꺼내보며 스스로 공부하고, 재무 설계사(*Financial Planner*)와 상의해 점검해 보는 것이 좋습니다. 시대의 흐름에 따라 불필요한 항목이 생기거나 새롭게 포함해야 할 부분이 생길 수도 있기 때문입니다. 결국 중요한 것은 누군가의 말에 의존하기보다는, 전문가의 조언을 참고하되 스스로 판단할 수 있는 지식과 안목을 기르는 일입니다. 그것이 진정한 '경제적 자립'의 시작이 아닐까 생각합니다.

젊음의 '경험 자산'이 주는 복리 효과

서점에 가면 독자들이 어떤 분야에 관심이 많은지 알 수 있거나 요즘 이슈가 눈에 보입니다. 해마다 4분기가 시작되면, 최신 트렌드를 나열하면서 다가오는 새해의 흐름을 알려주는 트렌드 관련 책들이 많습니다. 이러한 트렌드는 부동산, 패션, 경제, 문화 등 장르도 다양합니다. 자기 계발서는 언제나 꾸준하게 그 자리와 규모를 유지하는 것 같고, 최근에는 AI나 디지털 가상화폐부터 금융자산에 대한 서적들이 부쩍이나 늘어난 것 같습니다. 책의 제목만 보고 금융 서적인 줄 알고 집어 들었다가 내용을 보고는 제목에 낚였다는 생각이 들었습니다. 내용의 핵심은 돈보다는 '경험 자산'이 중요하다는 이야기였습니다. 하지만 제 생각에는 다양한 경험을 하기 위해서는 기본적인 소득이나 자산이 있어야 하는데, 저자는 그 부분을 당연하게 생각한 것 같습니다.

평생을 금융자산이나 부동산의 증식에만 몰두하다 보면, 나이가 들수록 손에 남는 것이 많지 않다는 사실을 깨닫게 됩니다. 물론 현실적으로 노후의 여유로운 삶을 위해 미리 충분한 자산을 마련하는 일은 결코 쉽지 않습니다. 하지만 자산이 어느 정도 형성된 이후에는 돈이 선순환하며 돌아가도록 만들고, 그 과정에서 다양한 경험을 쌓는 것이 중요합니다. 젊은 시절의 경험이 훗날의 부로 이어지고, 결국 노년의 가장 큰 자산이 된다는 '경험 부자'의 관점에도 깊이 공감하게 됩니다. 직접적인 체험은 물론, 좋은 책을 통해 간접적으로 배우는 일 또한 그에 못지않은 자산이 됩니다. 미래를 향한 도전과 새로운 배움에 대한 열정이 식는 순간, 우리의 삶은 조금씩 시들어 갑니다. '젊음은 가장 큰 자산'이라는 말이 젊을 때는 잘 와닿지 않지만, 시간이 흐를수록 그 의미를 절실히 느끼게 되지요. 젊은 날의 에너지와 경험을 잘 활용하고, 그 경험이 해마다 복리처럼 쌓여가도록 한다면 경제적인 부는 자연스럽게 따라오게 됩니다. 결국 진짜 부는 '돈'보다 '경험'에서 만들어지는지도 모릅니다.

 인생을 바꾸는 공부머리, 일머리, 돈머리

한 권을 읽어도
'정독'과 '복기'가 중요

학창 시절에는 책을 읽는 것에 대한 즐거움을 잘 몰랐습니다. 책은 시간이 나면 읽는 것으로 생각했는데, 오히려 '시간을 내어 책을 읽는 것'이라는 것을 깨닫기까지 40년이나 넘게 걸린 것 같습니다. 아이들과 도서관에 가고 중년이 되고 나서야 책 읽기의 즐거움을 알았지만, 그나마 앞으로 읽을 날이 더 많을 것이라는 긍정적인 마음으로 오늘도 책을 읽으러 갑니다. 여러 종류의 서적들이 있지만 그때 상황마다 관심사가 달라서 읽을 책을 고르는 재미도 쏠쏠합니다. 저는 주로 신간 서적이나 금융, 경제, 마케팅, 자기 계발서 분야를 많이 읽는 편입니다. 제 지인 중 한 분은 광고 대행사 대표로, 전략 수립과 광고 창작 등 크리에이티브한 일을 하십니다. 다양한 업종의 클라이언트를 맡다 보니, 각 분야를 이해하기 위해 여러 종류의 책을 읽는다고 합니다. 저는 가끔 겉표지나 제목만 보고 책을 고르다 보면, 읽다 중간에 '이 책, 예전에 봤던 건데.' 하고 웃을 때도 종종 있습니다. 결국 중요한 건 겉모습이 아니라 내용이지만, 어떤 책을 고르는지도 그 사람의 취향이 드러나는 일이 아닐까 싶습니다.

　많은 책을 읽는 것보다 더 중요한 것은 책을 꼼꼼하게 정독하는 습관입니다. 책을 읽고 나서 그 책에 대한 복기를 안 하면 금방 잊히게 됩니다. 책을 읽을 때는 저자의 의미를 알았다 하더라도, 자기 것으로 만들지 않으면 영상 콘텐츠를 보고 시간을 흘려보내는 것과 다름이 없습니다. 읽고 생각하고 쓰기까지야 하면 금상첨화겠지만, 쓰지는 않더라도 책을 읽고 나서 생각하는 습관은 매우 중요합니다. 책 속에서 저자가 말하고자 하는 핵심을 이해하고, 현실에서 적용하여 내 것으로 만드는 것이야말로, 비로소 책을 읽는 이유입니다. 한 번 읽은 책을 두 번째 다시 보면, 못 보던 의미가 다시 보이기도 합니다. 책은 여러 권을 많이 읽는 것도 중요하지만, 한 권을 읽더라도 좋은 책을 잘 선정하여 의미를 생각하면서 오롯이 내 것으로 만들어야 합니다.

　　　　　　　　　인생을 바꾸는 공부머리, 일머리, 돈머리

부모도 긴장되는
자녀들의 시험 기간

제가 살고 있는 아파트에는 아이들이 많은 편입니다. 태어난 지 얼마 안 되어 유모차를 타고 있는 아기들과, 눈이 오면 눈썰매를 타는 유치원 초등학생들부터 중·고생들도 많습니다. 요즘처럼 출산율이 적은 상황에서 단지 내 아이들이 많다는 건 행운인 것 같습니다. 저는 지난해 대학교 들어간 첫째 딸과 이제 곧 고3이 되는 둘째 아들을 두고 있습니다. 자식들의 뒷바라지는 끝이 없겠지만, 어쨌든 의무 교육인 중학생을 넘어 최소한 고등학교 졸업까지가 목표 지점으로 둔다면 얼마 안 남은 셈입니다. 가장 긴장이 되는 상황은 시험 기간입니다. 중간고사나 기말고사 시험 기간만 되면 집안은 긴장 상태가 될 수밖에 없습니다. 시험 보는 기간 약 한 달 전부터가 시작이 되고, 시험 기간 한 주는 가장 정점을 찍는 시기입니다. 소위, '중2병'이라고 하는 것이 중2 때 생겨나는 것이 아니라 그 전부터 생겨나서 중2 때가 최고 정점이라는 상황과 동일합니다. 그나마 대학생인 첫째는 이제 본인이 알아서 하니 크게 신경 쓰이지는 않지만, 이제 곧 수험생인 아들은 먹는 것부터 잘 챙겨줘야 합니다. 엄마나 아빠가 아파서도 안 되고 자녀의 컨디션 유지를 위한 건강 보조식품 준비는 필수입니다.

요즘은 수능 정시뿐만 아니라 수시를 위한 내신 관리까지 중요해진 시대입니다. 그러다 보니 대한민국의 모든 고등학생 자녀를 둔 부모들이 겪는 마음의 무게는 다르지 않을 것 같습니다. 내가 직접 시험을 보는 것도 아닌데, 자녀의 시험 기간이 되면 부모의 시계추도 함께 흔들립니다. 점수로 등수를 매기고, 그 등급에 따라 대학과 학과를 선택해야 하는 입시 제도는 마치 조선 시대의 과거시험처럼, 시대가 변해도 여전히 우리 사회를 지배하는 경쟁 구조인 듯합니다. 이런 환경 속에서 미성년 학생들에게 입시는 자연스레 큰 부담으로 작용할 수밖에 없습니다. 그래서 시험이 끝난 아이에게는 긴 조언보다 "수고했어." 한마디면 충분하다고 생각합니다. 우리 사회에서는 자산이 많지 않아도, 자녀가 좋은 학교에 진학하거나 좋은 직장을 얻으면 자신감을 얻는 경우가 많습니다. 예로부터 '자식 농사'라는 말이 괜히 생겨난 게 아니라는 걸 새삼 느끼게 됩니다.

하지만 공부머리, 일머리, 돈머리는 꼭 비례하지 않습니다.

자녀가 아무리 잘된다고 해도, 그 아이가 부모의 고생을 이해하고 효도하는 일은 또 다른 문제입니다. 진정한 효도는 돈이 아니라 마음에서 나오는 것이니까요. 자식에게 바라는 것은 결국 단순합니다. 태어날 때부터 바랐듯이, 건강한 몸과 올바른 마음을 지니고 살아가는 것, 그것만으로도 충분합니다. 센스 있고 감각 있게 자라준다면 더할 나위가 없겠지요. 사회가 만들어 놓은 울타리나 시험의 압박 속에서 너무 아이를 조이지 않았으면 합니다. 대신 좋은 이야기를 많이 들려주고, 스스로 깨닫고 성장할 시간을 주는 것이 중요합니다. 언젠가 자신이 해야 할 일을 스스로 깨닫는 그 순간, 아이는 혼자 힘으로 세상을 헤쳐 나갈 준비가 되어 있을 것입니다. 물론, 말처럼 쉽지 않습니다. 그래서 오늘도 괜히 잔소리를 하게 되지요. 하지만 언젠가 아이들도 그 잔소리의 의미를 곱씹으며, 부모의 마음을 이해하게 될 날이 오리라 믿습니다.

늘어나는 상가 공실과
무인점포

　제가 사는 곳은 경기도 광교 호수공원 인근입니다. 수원과 용인 경계 구역인데 수원지방법원도 있고 인근에 신분당선과 학원들도 많습니다. 서울 접근성도 편하고 자녀들 교육에도 큰 지장이 없어 인기가 있는 편입니다. 그러다 보니 근처에 상가도 많고 호수공원에는 대규모 주거단지인 아이파크 아파트와 연결된, '앨리웨이'라는 복합 상가도 구성되어 있습니다. 호수공원은 인근 주민들뿐 아니라 주말이면 타지에서 온 여행객들도 즐겨 찾는 곳으로, 주말마다 다양한 이벤트나 소규모 마켓이 열리곤 합니다. 전반적으로 어려운 경제 상황 속에서도 많은 노력을 통해 방문객을 끌어들이려는 모습이 인상적이었고, 그 결과도 대체로 성공적이었다고 생각합니다. 저도 근처에 살다 보니 산책 삼아 자주 들르는데, 최근에는 상가 내 공실이 눈에 띄게 늘어난 것이 보였습니다. 예전에 가끔 찾던 작은 서점이 문을 닫은 것을 보니 아쉬운 마음이 들었고, 동시에 상가에서 일하시던

　　인생을 바꾸는 공부머리, 일머리, 돈머리

분들이 걱정되기도 했습니다. 다행히 지하철역 확장도 검토되고 있고, 이 지역은 여전히 외지 방문객이 많은 곳이기에 다시 활기가 되살아나기를 기대합니다. 그런 마음으로 오랜만에 이곳에서 점심을 먹으며 새로운 번영을 기원했습니다. 결국 소비가 활기를 되찾아 사람들이 지갑을 열어야 경제가 순환될 수 있겠지요. 근본적인 원인과 해결책은 결국 거시 경제와 함께 실물 경기가 살아나는 데 있다고 생각합니다.

집 근처 상가들도 꾸준히 변화를 겪고 있습니다. 편의점 간 경쟁이 치열해지면서 한 점포는 무인 편의점으로 바뀌었고, 코인 세탁소가 인형 뽑기 매장으로 변신하기도 했습니다. 최근엔 아이스크림이나 과일 등을 판매하는 무인 매장도 늘어나며, 인건비 등 고정비를 줄이려는 자영업자들의 노력이 느껴집니다. 학원이나 미용실을 제외하면 대부분 요식업이지만, 배달앱이 생긴 이후 폐업하는 가게가 꾸준히 늘고 있습니다. 경기 변동에 민감한 업종이다 보니 오래 버티기가 쉽지 않아 보입니다. 특히 잘 알려진 대형 프랜차이즈가 아니라면 임대료 등 고정비를 감당하기가 어려워 개인 소상공인들의 부담이 클 수밖에 없습니다. 그나마 마진이 괜찮던 음료 업종조차 저가 경쟁이 치열해지면서 공존보다는 '적자생존'의 구조로 변해가고 있습니다.

최근 집 근처에 마주 보고 있던 2개의 상가 공실이 거의 비슷한 시기에 새로운 음식점으로 바뀌었는데, 놀랍게도 두 곳 모두 순댓국집이었습니다. 아마 두 사장님 모두 개업 전에 나름대로 상권 분석을 하셨겠지만, 서로 같은 업종으로 오픈할 거라고는 상상도 못 하셨을 겁니다. 개업 시점은 약 일주일 정도 차이 났고, 오픈 행사도 나란히 경쟁적으로 진행되었습니다. 소비자로서는 선택의 폭이 넓어져 반가운 일이지만, 사장님들에게는 치열한 생존 경쟁이겠지요. 마케터의 시선으로 보면, 주류 할인이나 포장 혜택 같은 가격 경쟁은 오픈 초반 이벤트 외에는 서로 자제하는 것이 바람직해 보입니다. 결국 음식점의 본질은 '맛'이니까요. 맛있는 집이 승리한다는 단순한 진리는 지금도 유효하다고 생각합니다. 제가 두 곳을 모두 방문해 본 결과, 두 집 모두 맛과 품질이 우수했습니다. 부디 함께 오랫동안 잘되기를 바라며, 이 시대를 살아가는 모든 자영업자분들이 용기를 잃지 않으시길 진심으로 응원합니다.

   인생을 바꾸는 공부머리, 일머리, 돈머리

일머리의 시작,
아르바이트 경험

대학을 졸업하기 전, 누구나 한 번쯤은 아르바이트를 해 본 경험이 있을 겁니다. 요즘에는 방학뿐 아니라 학기 중에도 아르바이트를 병행하며 열심히 지내는 학생들이 많지요. 저 역시 학기 중에는 과외를 했고, 방학 기간에는 외국어 학원에서 파트타임으로 일한 적이 있습니다. 학원 강사는 아니었고, 강의실 정리나 상담 전화를 맡아 수강생을 유치하는 일이 주요 업무였습니다. 그중 가장 좋았던 점은 듣고 싶은 강의를 자유롭게 들을 수 있었다는 것입니다. 토익이나 일본어 회화 수업에 참여하며 일과 공부를 병행해 방학을 효율적으로 보낼 수 있었습니다. 학생 시절의 아르바이트는 무엇보다 '돈의 소중함'을 깨닫게 합니다. 직접 돈을 벌어보면 돈이 얼마나 쉽게 벌리지 않는지 절실히 느끼게 되죠. 고등학교 때까지만 해도 학원비나 생활비를 부모님의 카드로 결제했지만, 막상 일을 해 보면 부모가 주신 용돈이 결코 쉬운 돈이 아니었다는 걸 실감합니다. 또 하나의 큰 배움은 '일머리'를 스스로 확인하고, 사회생활의 기본인 요령과 눈치를 익힐 수 있다는 점입니다. 업종에 따라 경험의 내용은 다르지만, 사회에 나가서 일 잘하는 신입사원들을 보면 대체로 아르바이트 경험이 많거나 눈치가 빠른 경우가 많습니다.

지난해 대학에 입학한 딸과 용돈 협상을 하면서 학기 중에는 용돈을 주되, 방학 동안에는 주지 않기로 약속했습니다. 교통비를 포함해 넉넉한 금액은 아니었기에, 딸은 방학 때 아르바이트를 하며 용돈을 충당하고 남은 돈을 저축하는 모습까지 보였습니다. ISA(개인종합자산계좌)를 만들어 ETF(지수연동형펀드)에 투자하고, 소액이지만 꾸준히 적금도 들고 있더군요. 그런 모습을 보니 부모로서 기특한 마음이 들어 실손보험, 치아보험, 암보험에 대신 가입해 주었습니다. 다만 암보험은 25년 납이라, 딸이 사회생활을 시작해 월급을 받게 되면 그때는 본인 명의로 납입을 이어갈 계획입니다. 부모 입장에서는 가능하면 덜 힘들고 안전한 아르바이트를 하길 바라지만, 현실적으로 원하는 일자리를 찾기란 쉽지 않습니다. 음식점에서도 일해보고, 쿠팡 물류 센터에서도 일한 딸은 이제 사회가 어떤 곳인지 조금은 알게 된 듯합니다. 너무 힘들었다며 물류 센터 일만큼은 다시는 하지 않겠다고 하더군요. 이번 겨울 방학에는 집 근처 새로 생긴 초밥집에서 아르바이트를 하고 있습니다. 시급으로 보면 큰돈은 아니지만,

대학생 시절 다양한 직종을 경험해 보는 것도 의미 있다고 생각하기에 굳이 말리고 싶지는 않습니다.

다만, 일을 하면서 혹시 안 좋은 일을 겪지는 않을까 걱정이 됩니다. 비가 온 뒤 땅이 굳는다고는 하지만, 굳이 지금부터 비를 맞을 필요는 없으니 혹시 일이나 다른 문제로 힘들면 언제든 그만두라고 말했습니다. 돈도 중요하지만, 결국 시간의 가치가 더 크다고 생각합니다. 아르바이트의 목적은 단순히 용돈을 버는 데 그치지 않고, 일을 통해 세상을 배우는 데 있습니다. 취업할 때 자기소개서에 남기지 않더라도, 몸으로 익힌 경험은 분명 소중한 자산이 됩니다. 또한 방학 동안 스스로 나태해지는 것을 막는 효과도 크지요. 요즘은 식당이나 카페에서 일하는 젊은 분들을 보면 괜히 제 딸 같아서 더 따뜻한 눈길로 보게 됩니다. 사실 카페 사장이 되고 싶다면, 먼저 카페에서 아르바이트를 하며 일을 배우고 사장에게 '일 잘하는 직원'으로 인정받아 분점을 내는 것도 좋은 방법입니다. 지금, 이 순간에도 공부와 아르바이트를 병행하며 바쁘게 살아가는 대한민국의 젊은 세대들이 용기를 잃지 않고 힘을 냈으면 합니다. 얼마 전 아내와 함께 딸이 일하는 초밥집에 식사하러 갔는데, 사장님께서 "따님이 참 성실하고 일도 잘한다."라고 하시더군요. 그 말을 들으니, 마음이 한결 놓였습니다. 성인이 되었지만, 부모의 마음은 여전히 '강가에 놓은 아이'를 바라보는 심정입니다.

Enjoy
your life

자연이 주는 5성급 호텔…
'숲'

숲은 일상에서 얻은 스트레스 지수를 낮춰주고, 지친 몸과 마음을 어루만져 새로운 활력을 찾게 해주는 역할을 합니다. 숲에는 천연 피로 해소제인 산소와 인체에 유익한 숲의 방향물질인 피톤치드 그리고 스트레스를 완화해 주는 신경 안정제인 음이온이 가득합니다. 특히, 피톤치드는 뇌를 자극해 기분을 상쾌하게 해주고 면역력을 높여줍니다. 음이온은 사람의 양이온을 상쇄해 자율신경을 안정시켜 주는 역할을 해줍니다. 숲에서 나는 소리, 자연적인 경관과 푸른색, 자연의 감촉 등은 숲을 찾는 사람들의 오감을 자극해 마음을 치유하고, 울퉁불퉁한 가파른 숲길은 지압 효과와 심폐 기능을 증진해 주는 역할을 합니다.

현대인들에게 숲이란 없어서는 안 될 삶의 휴식처이자 지친 몸과 마음을 치유하는 종합 병원이라 할 수 있습니다. 등산로를 따라 정상에 오르는 것도 의미가 있지만, 가벼운 산행을 통해 산림욕을 즐기고 오는 것만으로도 충분한 자연의 치유가 됩니다. 추운 겨울만 제외하고는 숲에 갈 때, 넓은 돗자리와 모기장을 챙겨가시는 것을 추천해 드립니다. 요즘엔 모기장이 원터치로 펴고 접기가 가능해서 숲에서도 설치가 수월합니다. 나무가 우거지고 바닥이 평평한 장소를 물색한 뒤, 돗자리를 깔고 모기장을 치고 안에 들어가 산림욕을 만끽하는 것은 자연이 주는 5성급 호텔입니다.

잘 찾아보면 도심 주위에도 수목원이 여러 군데 있습니다. 공원을 수목원으로 재단장하여 거주자들에게는 혜택을 주기도 하고, 외부로부터 관광객을 유치하기도 합니다. 광장이나 공원처럼 오픈된 문화도 좋지만, 부담스럽지 않은 가격의 입장료로 잘 관리된 수목원이나 자연 휴양림도 주위에서 즐길 수 있는 혜택인 것 같습니다. 아이들이나 65세 이상의 어르신들은 대부분 무료입장이며, 2인 이상의 다자녀 가구는 입장료가 1,000원 정도로 비용 부담이 크지 않습니다. 자연과 더불어 산책이 주는 즐거움은 제가 느끼는 행복 중 가장 큰 것 같습니다.

숲이나 시골 감성을 좋아해서 그런지는 몰라도 도심 주위의 꽃과 나무를 벗 삼아 길을 걸으면, 몸도 건강해지고 뇌에서는 도파민이 나오는 것처럼 편안하고 즐거워집니다. 날씨가 너무 덥거나 춥지 않고 미세 먼지도 많지 않은 10월은, 축복의 계절입니다. 비만 오지 않으면 시간 날 때마다 자연과 함께 아까운 계절을 만끽해야 합니다. 친구 또는 가족들과 같이, 함께하는 누군가가 곁에 있으면 더 행복해집니다. 평일에 도심의 수목원에 가면 노란 가방을 메고 어린이집에서 단체로 온 어린아이들과 어르신들이 많습니다. 인간은 태어나 노년이 될 때까지, 결국 자연으로부터 나고 자연의 품으로 돌아가는 여정과도 흡사해 보입니다.

살아가는 에너지,
여행의 가치

　요즘 젊은 사회 초년생들은 자기 관리를 참 잘하는 것 같습니다. 혼자서도 시간을 내어 국내외 여행을 즐기고, 여가 생활을 충실히 누리는 모습을 종종 볼 수 있습니다. 여행이 주는 즐거움은 누구나 알고 있지만, 실제로 살아가다 보면 시간을 내기가 쉽지 않은 경우가 많습니다. 대부분 여름휴가나 연휴, 혹은 특별한 가족 기념일 정도에야 겨우 여행을 계획하곤 합니다. 물론 여행에는 비용이 필요하므로, 사전에 계획을 세워야 합니다. 매일의 일상생활조차 경제적으로 여유롭지 않은 상황에서 여행 경비를 마련하는 부담 때문에, 여행을 차일피일 미루는 경우도 많습니다. 시간이 흘러 몇 년이 지나면, 자녀를 키우고 사회생활에 바빠진 나머지, 가족과 함께 여행을 간 마지막 시점이 언제였는지조차 기억나지 않을 때도 있습니다. 자녀들이 중·고등학생이 되면 학업과 다른 이유로 함께 시간을 보내기가 점점 어려워집니다. 부모님과 여행을 떠날 기회를 찾는 일은 더욱

　　　인생을 바꾸는 공부머리, 일머리, 돈머리

쉽지 않습니다. 결혼 후 자녀가 생기면 맞벌이로 바쁘고, 손주들을 돌보는 시간은 많아도 함께 여행을 가기는 쉽지 않습니다. 게다가 손주들이 어느 정도 성장하면, 부모님 건강 문제 때문에 여행이 어렵게 되는 경우도 많습니다.

여행을 결심하는 일은, 마치 저축하거나 책을 읽는 것과 비슷합니다. 무엇보다도 미루지 않고 먼저 시간을 내는 것이 중요합니다. 경제적으로 준비가 필요하다면 미리 경비를 계획하고, 길고 짧음을 떠나 여유 있는 마음으로 여행에 임할 때, 그 경험은 더 오래도록 남습니다. 아이들과 짧고 잦은 여행은 그들의 감수성과 EQ를 길러주며, 부모와 아이 간의 친밀감을 형성하는 데 큰 도움이 됩니다. 노부모님과 함께하는 여행은, 서로가 더 늦기 전에 후회 없는 시간을 만들어 주기도 합니다. 국내든 해외든, 많은 추억을 쌓아 오시길 바랍니다. 부모님과 함께하는 시간을 보내는 것보다 더한 효도는 없다고 생각합니다. 돈이 없어서 못 가는 것보다, 시간이나 건강이 허락되지 않아 못 가는 아쉬움이 더 크기 때문입니다.

건강할 때 가능한 한 많이 여행을 다니시길 권합니다. 여행은 단순한 즐거움을 넘어, 우리의 몸과 마음을 건강하게 하고, 삶을 되돌아보며 다시 힘차게 살아갈 새로운 에너지를 선사합니다. 때로는 혼자만의 힐링 여행도 필요합니다. 낯선 곳에서 느끼는 불편함과 어색함은 소소한 즐거움으로 바뀌고, 집으로 돌아왔을 때의 편안함을 통해 집의 소중함을 새삼 깨닫게 해줍니다. 결국 여행을 못 가는 이유는 시간이 없거나 돈이 부족해서가 아니라, 바쁘다는 핑계로 용기를 내지 못했기 때문일 때가 많습니다. 후회 없이, 삶의 소중한 순간을 위해 용기 있게 떠나는 여행을 권하고 싶습니다.

자녀들과 함께하는 가족여행은 가족 구성원 모두에게 큰 행복을 안겨주는 시간이라고 생각합니다. 시골에서 자라며 자연과 가까이 지낸 덕분에, 저는 스스로 감수성(EQ)이 비교적 풍부한 편이라고 느껴왔습니다. 그래서 제 아이들이 유년기를 보내는 동안만큼은, 주말이 되면 마음껏 뛰어놀 수 있도록 가능한 한 교외로 나가려고 노력해 왔습니다. 시간을 내어 해외여행을 다니기도 했고, 지금처럼 학창 시절을 보내는 동안에도 시험 기간이 끝나면 국내 여행을 자주 떠나는 편입니다. 부모가 자녀에게 물려줄 수 있는 것은 여러 가지가 있겠지만, 노후를 위해 모아둔 자산보다도 다양한 인생 경험과 삶을 살아가는 방법을 알려주는 일이 더욱 중요하다고 생각합니다. 아이들이 자립할 나이가 되어 혼자서 여행하며 쌓는 경험 또한, 인생에서 스스로를 성장시키는 소중한 자산이 될 것입니다. 어릴 때부터 부모와 함께 여행을 자주 했던 아이들은, 시간이 흘러 성인이 된 이후에

 인생을 바꾸는 공부머리, 일머리, 돈머리

도 노부모를 모시고 함께 여행을 떠나는 경우가 많다고 느낍니다. 가족과 함께 보낸 시간 위에 차곡차곡 쌓아 온 여행의 경험은 시야를 넓혀 주고, 인생을 더욱 아름답고 풍요롭게 만들어 준다고 믿습니다.

나에게 제주도란?
첫 제주도 여행, 그 이후

1994년 대학교 1학년 여름 방학에 홀로 여행을 떠났습니다. 학생 신분으로 돈의 여유가 없던 터라 최소한의 여비로 국내에서 최대한 멀리 가보는 것이 목표였습니다. 당시 수원에 살던 시절이었는데, 가장 비용이 저렴했던 통일호 밤 기차에 몸을 싣고 일단 부산으로 향했습니다. 밤 11시경에 수원역에서 탑승해서 6시간 정도 걸려 새벽 5시쯤 부산역에 도착한 걸로 기억됩니다. 도착하자마자 일출을 보러 바로 태종대로 향했고, 태종대에서 내려와서는 여객 선착장으로 가서 당일 밤에 출발하는 제주도행 선박을 예약했습니다. 부산에서 온종일 시간을 보내다가 밤 8시에 배를 타고 12시간 정도 소요되어 아침 8시에 제주도에 도착했습니다. 특별히 침대칸을 선택하지 않았던 까닭에 잠자리가 편하지는 않았던 걸로 기억되고, 돈이 없어서 기차나 배에서 숙박을 해결하는 방법을 활용했습니다. 드라마 〈폭싹 속았수다〉에 나오는 제주와 부산을 오가는 배를 보니 옛날 생

  인생을 바꾸는 공부머리, 일머리, 돈머리

각이 나서 반가웠습니다. 배 안에서 운 좋게 한 어르신을 만나 콜라와 음식을 얻어먹었던 기억이 있습니다. 돌아보면, 힘들 때 받은 작은 도움조차 오래도록 기억에 남는 것 같습니다.

제주도에서는 텐트를 짊어지고 버스를 타며 거의 무전여행을 했습니다. 당시 서귀포 쪽에는 신호등이 거의 없었던 것으로 기억합니다. 생수를 사 마시던 시절도 아니었고, 삼다수가 출시되기 전이어서 국내 여행이었지만 물갈이로 인한 배앓이를 겪기도 했습니다. 제주도의 자연경관을 즐기며 중문 해수욕장에서 하룻밤을 보내기로 했습니다. 그때 당시 하얏트 호텔을 바라보며 해변에 텐트를 쳤는데, 지금은 파르나스 호텔로 바뀐 그곳은 여전히 국내 최고의 여행지이자 고급 호텔들이 모여 있는 곳입니다. 당시에는 '그림의 떡'처럼 보였던 그 호텔을 바라보며, '돈을 벌어 반드시 저 호텔에 묵겠다.'라는 단순하지만 강한 목표를 마음속에 새겼던 기억이 납니다.

정확히 7년 뒤, 대학을 졸업하고 입사한 첫 회사인 해태제과에서 캔디 담당 마케팅 신입 시절, 글로벌 브랜드 'Sunkist'의 아시아 미팅이 제주에서 열렸습니다. 그때 하얏트 호텔에서 숙박하게 되었고, 그 경험은 저에게 큰 의미로 남았습니다. 그 이후로 저는 목표가 생기면 마음속에만 담아두지 않고 반드시 입밖으로 내뱉는 습관을 갖게 되었습니다. 생각만 하지 않고 이야기하며 실천하면 이루지 못할 것이 없다는 것을 깨달았기 때문입니다. 당시 여행의 목적지는 국토의 최남단인 마라도였습니다. 배를 타고 마라도까지 다녀오며, 스무 살의 패기로 다양한 경험을 쌓았습니다. 돌아오는 길에는 비행기를 타고 김포까지 가고 싶었지만, 비용이 많이 들어 가장 저렴한 광주행 비행기를 타고 열차를 갈아타며 집으로 돌아온 기억도 생생합니다.

제게 첫 번째 제주도 경험은 특별했습니다. 그때까지 해외여행 경험이 없었지만, 마치 해외를 다녀온 기분을 느낄 수 있었습니다. 그 이후 약 30년 동안, 제주도는 여행과 출장 등 다양한 이유로 수십 차례 다녀왔습니다. 다만 혼자 가본 기억은 없고, 대부분 회사 단체 워크숍, 직장 동료와의 출장, 아이들과의 가족여행, 아내와의 둘만의 여행이었습니다. 제주도는 언제나 변함없이 저를 반겨주었고, 나이가 들면서 제 모습과 상황은 변했지만, 그곳에 갈 때마다 늘 어서 오라는 듯한 따뜻함을 느낄 수 있었습니다. 앞으로 제주도에서 한 달 살기를 해 보고, 옛 생각을 떠올리며 비행기가 아닌 여객선을 타고 혼자 다녀오는 계획도 가지고 있습니다. 관광객 모드가 아닌, 현지인처럼 제주에 푹 빠져보고 싶은 소망입니다. 건강할 때 하고 싶은 일들을 계획하고, 가능한 한 모두 경험해 보시기를 바랍니다.

　　　　인생을 바꾸는 공부머리, 일머리, 돈머리

1998년 IMF,
값진 미국 어학연수 경험

군 복무를 마친 1998년 4월, 대한민국 경제는 몹시 어려운 상황이었지만, 부모님의 도움으로 미국 비자를 받고 어학연수 프로그램에 참여할 수 있었습니다. 당시 23세, 병역을 마친 대학생 신분으로 해외 출국은 제 인생에서 잊지 못할 큰 행운이었습니다. 미국 대사관에서 인터뷰를 마치고 비자를 받은 뒤, 설렘과 기대를 안고 6월 샌프란시스코행 비행기에 올랐습니다. 현지 시각으로 저녁에 도착해 짐을 찾고 공항을 나서는 순간, 밤 9시임에도 주변이 대낮처럼 밝았던 풍경이 아직도 생생합니다. 캘리포니아 주립대 중 하나인 UC Davis의 6개월 어학연수 프로그램이었기에, 샌프란시스코에서 Davis까지 차로 약 한 시간 반 정도 이동했습니다. 처음 3개월은 기숙사 생활을 했고, 이후에는 홈스테이로 옮겼습니다.

6개월이라는 시간은 길지도 짧지도 않았지만, 제 인생에서 가장 행복하고 값진 경험 중 하나였습니다. 영어 공부도 충실히

했지만, 다양한 문화를 경험하며 하루하루를 소중히 보낸 시간이었습니다. 미국에서 처음으로 CGV와 같은 복합상영관을 경험했고, 당시 박찬호 선수로 유명해진 메이저리그 LA 다저스 스타디움에도 다녀왔습니다. 또한, 당시 인기였던 미국 시트콤 '프렌즈'를 현지에서 시청하기도 했습니다. 학기가 끝난 후 며칠간의 휴일에는 이탈리아 친구와 함께 라스베이거스로 여행을 떠났습니다. 차로 거의 10시간 가까이 이동한 끝에, 새벽에 사막 한가운데 나타난 불야성 같은 도시는 마치 외계 행성에 온 듯한 느낌을 주었습니다. 미국에 머무르는 동안, 해외에서 온 다양한 친구들과 어울리며 야간 조명이 있는 축구장에서 축구를 즐기기도 했고, 홈스테이 주인아저씨와 함께 샌프란시스코를 자주 여행했습니다. 당시 50세였던 홈스테이 아저씨의 이름은 Brooks였는데, 그때는 왜 그리 늙어 보였는지 모르겠지만, 지금 생각하면 제 나이와 똑같았습니다.

한국으로 귀국하기 전 마지막 날, 그분이 저에게 해주신 이야기는 지금도 잊을 수 없습니다. 우리말로 번역하면 대략 이런 내용이었습니다. "내 나이는 50세이고, 미국에는 50개 주가 있다. 한 해에 1개 주에서만 살아도 50년이 걸린다. 그만큼 인생은 길지 않으니, 한국에 돌아가서도 'Enjoy your life' 하면서 살길 바란다." 그 말은 지금까지 저의 인생 모토가 되었습니다. 직역하면 '인생을 즐기며 살라'는 의미이지만, 저는 그 의미를

 인생을 바꾸는 공부머리, 일머리, 돈머리

'그때그때 최선을 다하며 살라'는 긍정의 메시지로 받아들였습니다. 덕분에 어려운 상황이 와도 회피하지 않고 정면으로 부딪쳐 극복하는 힘을 갖게 되었습니다. 1998년 대한민국 IMF 위기와 고환율로 힘들었던 시기에 미국에서 생활할 수 있도록 도와주신 부모님께 다시 한번 감사드립니다. 그때의 값진 경험 덕분에 지금까지 꿋꿋하게 살아올 수 있었고, 부모님께 최소한의 보답은 했다고 생각합니다.

젊은이들에게는 당장의 금전적 혜택보다 경험이 더 큰 자산입니다. 지금처럼 글로벌 시대에는 해외 경험을 적극 추천하고 싶습니다. 어찌 보면 인생은 짧을 수 있지만, 20대의 10년을 어떤 경험으로 보내느냐가 이후 30년 이상의 삶을 좌우할 수 있습니다. 물론 10대 학창 시절의 공부도 중요하지만, 20대의 다양한 경험은 그 이상으로 의미가 깊습니다. 부모로서 자식에게 유산으로 돈을 일부 남기는 것보다, 자식들이 돈을 벌기 전 다양한 경험을 할 기회를 많이 제공하는 것이 가장 큰 역할일지도 모릅니다. 먼 훗날, 자식들이 그 시간의 가치를 깨달을 때까지 부모가 살아 계신다면, 그 감사함은 배가 될 것입니다.

사찰 나들이와
캠핑이 주는 행복

특별히 종교가 없는 저는 가끔 집 근처 사찰을 찾아가 마음을 정화하고 오곤 합니다. 대부분의 사찰은 한적하고 공기가 맑은 숲속에 있어 거리가 조금 있지만, 도심 인근에서도 찾을 수 있는 곳이 있습니다. 봉녕사는 동수원 IC 근처에 위치한 작은 사찰로, 주변 광교산과 함께 도심 속에서 자연을 느낄 수 있는 편안한 공간입니다. 교회에서 예배드리거나 사찰에서 부처님과 조용히 대화를 나누고 돌아오면, 복잡했던 마음이 한결 가벼워지고 일상에서 안정감을 되찾게 됩니다. 저는 산을 좋아하다 보니 주로 사찰을 찾게 되는데, 신선한 공기를 마시며 산책하고 돌아오면 몸과 마음이 모두 건강해지는 느낌을 받습니다.

아내는 가끔 1박 2일 템플스테이에 참여하곤 합니다. 처음에는 접근성이 좋은 수도권 인근 사찰로 다녔지만, 최근에는 충청권 정도까지 범위를 넓혀 사찰을 선택합니다. 사찰에서 보내는 이틀은 몸과 마음을 정화하기에는 길지 않은 시간이지만, 잠시 머무르고 돌아오기에는 충분합니다. 마음이 맞는 동료들과 함께 서로에게 위안과 에너지를 주고받는 플러스(+) 여행과는 결이 다르지만, 속세를 벗어나 홀로 시간을 보내며 마음을 덜어내는 마이너스(-) 경험도 때로는 필요합니다. 사찰을 찾다 보면 동짓날 팥죽이나 부처님 오신 날의 비빔밥 공양에 참여할 기회도 있습니다. 특별한 날에는 사찰이 붐비기도 하지만, 시간을 내어 방문하면 또 다른 의미를 느낄 수 있습니다.

캠핑을 좋아하는 처남은 지난가을 연천 캠핑장에 '장박'을 위해 텐트를 설치했고, 아내와 함께 시간을 내어 다녀왔습니다. 저 역시 자녀들이 초등학생일 때까진 텐트나 글램핑, 카라반 등에서 캠핑을 해 보았지만, 소위 말하는 캠핑족이라고 하기는 어려웠습니다. 연천은 지역적으로도 수도권에 인접하여 교통이 편하기도 하고, 지리적으로도 캠핑하기 참 좋은 장소로, 캠핑족들에게는 인기가 많은 곳으로 알려져 있습니다. 매주 장비를 가지고 장소를 바꿔가면서 캠핑하는 재미도 있겠지만, 경제적으로나 번거로움을 고려하면 한 장소에서 일종의 월세 개념의 렌트비를 내고 주말마다 캠핑하러 가는 장박도 나름 괜찮은 것 같습니다. 공기 좋은 곳에 세컨하우스 개념으로 한 달에 2번 정도만 다녀도 비용적으로 효율이 난다고 합니다. 봄과 가을은 캠핑하기 딱 좋은 계절인데 스쳐 지나가듯 좀 짧은 게 아쉽긴 합니다. 단풍이 물들 무렵인 10월은 캠핑족들에게는 황금 시즌인 것 같습니다. 연천 곳곳에 캠핑장과 텐트들이 많았고, 국화축제 등 곳곳에 열리는 지역 축제들로 주말에는 유동 인구가 더욱 많아 보였습니다. 일반적으로 자녀들이 초등학교 고학년이나 중학생 이상 되면, 주말에 학원을 다니기도 하고 부모보다는 친구들을 찾게 되어 가족들이 다 같이 캠핑하러 가기가 쉽지는 않습니다. 그래서 캠핑장에는 어린 자녀들과 함께 온 가족들이 눈에 많이 띄게 되고, 때로는 아이들을 다 키운 중년 부부들이 여가를 즐기러 오기도 합니다.

사람들이 캠핑장을 찾는 이유는 여러 가지가 있겠지만, 무엇보다 도심을 벗어나 자연 속에서 여유를 즐기고, 맑은 공기 속에서 힐링하고자 하는 인간 본연의 욕구가 큰 것 같습니다. 하지만 캠핑을 즐기려면 부지런하지 않으면 안 된다는 사실 때문에, 쉽게 엄두를 내지 못하는 분들도 많습니다. 캠핑을 시작하기 전에 장비를 준비해야 하고, 캠핑장에서도 끊임없이 먹거리를 준비하거나 땔감을 피우고 정리해야 합니다. 캠핑을 마친 후에도 장비를 정리하는 일은 여유로워 보이지만 실상은 부지런함의 연속입니다. 결국 우리는 약간의 불편함을 감수하더라도, 좋아하는 일이 생기면 그 일에 몰입하는 삶을 원하고 있는지도 모릅니다. 어제 캠핑을 다녀오면, 주말에 또 캠핑을 가고 싶다

　인생을 바꾸는 공부머리, 일머리, 돈머리

는 기대감이 한 주를 힘차게 살아가게 하는 활력소가 되기 때문
이기도 합니다.

미라클 모닝 vs 슬로우 모닝

한때 '미라클 모닝' 루틴이 유행한 적이 있습니다. '아침형 인간'보다 한발 더 나아가, 새벽 4~5시에 일어나 하루를 일찍 열고 계획적으로 생활하는 것을 의미했는데요, 요즘에는 '슬로우 모닝'을 실천하는 분들도 늘고 있습니다. 슬로우 모닝은 미라클 모닝처럼 아침을 조금 일찍 시작하지만, 하루를 여유 있게 시작하며 정신 건강에 초점을 맞춘 점에서 차이가 있습니다. 스트레칭이나 명상, 가벼운 글쓰기 등으로 디지털 거리 두기를 실천하면 불안과 스트레스 지수가 낮아지고, 하루 종일 차분한 감정을 유지할 수 있습니다.

'슬로우 모닝(Slow Morning)'이라는 말을 알기 전부터 이미 그런 방식으로 하루를 시작해 왔습니다. 이는 일상의 균형을 잡는 데 큰 도움이 됩니다. 알람에 의지하기보다 자연스럽게 눈을 뜨면 훨씬 상쾌하고, 2년 전 허리 수술 이후로는 허리 중심의 스트레칭과 폼롤러로 근육을 풀어주는 시간을 반드시 갖습니다. 그다음에는 소금물로 가글을 하고, 정신을 맑게 해주는 음악을 들으며 하루 계획을 세웁니다. 가볍게 글을 쓰거나 명상, 혹은 짧은 산책으로 마음을 가다듬으며 하루를 차분히 시작합니다.

이 밖에도 상황에 따라 다양한 활동을 병행하기도 하지만, 아침에 하루를 여는 루틴은 긴장을 풀고 여유로운 하루를 시작하는 데 큰 도움이 됩니다. 직장을 다니면서 슬로우 모닝을 실천하기 어려울 수 있지만, 조금씩 실천을 늘려가는 것도 좋은 방법입니다. 사람마다 생활 패턴과 맞는 스타일이 다르므로, 꼭 아침이 아니더라도 잠자리에 들기 전 하루를 천천히 마무리하는 '슬로우 나이트'를 실천할 수도 있겠습니다. 이렇게 하루를 여유 있게 정리하는 습관 또한 삶의 균형을 맞추는 데 도움이 됩니다.

유튜브 덕분에
누구나 '요섹남'

맛있는 음식을 즐기는 편이라 가끔 직접 요리하는 것도 좋아합니다. 요즘 TV 프로그램에 남성 셰프들이 많이 나오고 '요섹남'이라는 신조어가 생길 정도로 요리 좀 하는 남성들이 주목받는 시대가 됐습니다. 스마트폰만 있으면 유튜브에서 웬만한 레시피를 바로 보고 따라 할 수 있어서 집에서 요리하는 게 훨씬 편해졌죠. HMR 가정간편식을 쓰면 시간은 절약되지만, 요리의 본질은 결국 정성인 것 같습니다. 가족을 위해 음식을 준비하는 건 억지로 시키지 말고 스스로 재미를 느껴야 지속할 수 있습니다.

새벽에 일찍 눈이 떠져 전에 사둔 돼지고기가 생각나 얼큰한 고추장찌개를 끓이기로 했습니다. 조회수 많고 믿을 만한 유튜브 영상을 골라 재료 손질부터 양념, 물의 양 조절까지 약 40분 만에 완성했습니다. 요리하는 사람은 자기 입맛엔 다 맛있게 느껴지니, 가족들이 맛있게 먹어주는 게 가장 큰 기쁨입니다. 내심 자신 있게 먹어주길 기대했는데, 고등학생 아들은 시간 맞추지 못해 따로 먹고, 딸은 속이 안 좋아 아침을 거르고, 와이프는 샐러드로 대신해 결국 혼자 먹게 됐습니다. 양을 넉넉히 해서 남은 건 밀폐 용기에 담아 냉동 보관합니다. 물론 저녁에 데워 먹거나 다음 날 반응을 볼 수 있지만, 막 완성했는데 아무도 안 먹는 허탈함은 상처가 되기도 하죠. 그래도 '내일은 뭘 해 볼까?' 고민하는 내가 음식을 사랑하는 사람이라고 믿고 싶습니다. 배달 음식보다 번거롭긴 해도 좋은 재료 쓰면 건강에도 좋고 비용도 절감되며, 익숙해지면 더 맛있게 만들게 됩니다. 죄책감 없이 먹는 'guilty free' 기분도 쏠쏠하니, 가족과 건강을 위해 요리 습관을 지녀보시길 추천해 드립니다.

우리 민족이 먹는 것에 진심인지 모르겠지만, 특히 코로나 이후 먹방과 요리 프로그램이 부쩍 늘어났습니다. 〈흑백요리사〉, 〈냉장고를 부탁해〉, 〈편스토랑〉 같은 프로그램으로 셰프들이 큰 인기를 끌고 있으며, 다양한 레시피도 공개되고 있습니다. 류수영이나 성시경 같은 배우, 가수들도 본업보다 음식 관련 활동으로 제2의 전성기를 누리고 있습니다. 예전에는 TV 맛집이 드물었는데, 요즘은 유튜브 덕분에 프랜차이즈는 물론 소규모 음식점까지 많이 소개됩니다. 맛집 리뷰나 먹방으로 대리만족을 느끼며 조회수가 쌓이고, 자본주의 시장에서는 수요와 공급 원리에 따라 마케팅이 활발해지는 모양새입니다. 비정상적으로 돌아가지 않는 한 괜찮지만, 점주에게 피해를 주거나 인기 유튜버를 괴롭히는 사례가 보도되니 안타깝습니다.

개인적으로는 유튜브 레시피 영상이 요리할 때 매우 편리합니다. 긴 영상보다는 숏폼으로 레시피만 간결하게 보여주는 것을 선호합니다. 한두 개가 아니라 여러 영상을 보며 공통점이나 더 나은 부분을 골라 적용합니다. 요리는 하면 할수록 응용력이 생기고 실력이 쑥쑥 늘어나는 느낌입니다. 미식가인 저는 요리 자체를 즐기고, 가족들이 맛있게 먹는 모습을 보면 또 다른 기쁨을 느낍니다. 지난 주말 마트에서 닭볶음용 닭고기를 3팩 9,900원에 사서 닭볶음탕을 끓였습니다. 껍질까지 깔끔히 손질한 뒤 유튜브 영상을 참고해 제 스타일로 마무리했더니, 저도 깜짝 놀랄 정도로 맛있었습니다. 가족들도 극찬이었지요. 등산 후 막걸리 안주로만 생각했던 닭볶음탕이 이렇게 맛있을 수가 있나 싶었습니다. 돈 받고 파는 게 아니라 식재료만 있으면 언제든 요리할 수 있으니, 나중에 굶을 걱정은 없겠다는 생각만으로도 흐뭇합니다. 이러다 진짜 '저만의 레시피북'을 따로 만들어야 할 판입니다.

천년고도
경주의 재발견

　천년의 역사를 지닌 도시 경주에서 2025년 APEC 정상회담이 열렸습니다. 인구 25만 명 정도의 경주는 중 · 장년층에게는 수학여행의 추억으로 기억되는 곳이지만, 나이 들수록 자주 찾지 않게 되는 게 사실입니다. 수도권보다는 경상권 주변 도시에서 주말이면 관광객이 많지만, 이번 APEC을 계기로 경주의 역사와 매력이 새롭게 조명되었습니다. 저도 관심이 생겨 회담 직후 큰마음을 먹고 2박 3일 일정으로 다녀왔습니다. 오랜만에 찾은 경주는 학창 시절보다 훨씬 성숙하고 깊이 있는 느낌으로 다가왔습니다. 평일임에도 내국인과 외국인 관광객이 많았고, 왕릉이나 발굴 유적, 자연경관이 조화롭게 어우러진 평화로운 도시의 매력을 다시 느꼈습니다. 어느 정도 사전 지식을 갖추고 가면 곳곳에서 스며드는 옛 정서가 배가됩니다. 황리단길은 최근 젊은 층뿐 아니라 대중적으로 인기를 끌며 도심에 활기를 불어넣고 있습니다. 가장 인상 깊었던 건 '동궁과 월지'의 야경이었습니다. 밤에 관광지를 돌아보는 것도 오랜만이었는데, 도심을 벗어난 자연과 유적이 어우러진 모습이 마치 신라시대로 돌아간 듯한 착각이 들었습니다. 당시 LED 조명은 없었겠지만, 달빛에 비친 수려한 경관만으로도 그 아름다움을 충분히 느꼈을 거라 생각됩니다. 낮의 운치도 좋았지만, 야경의 화려함은 지금도 잊히지 않습니다. 싸이의 〈강남스타일〉 가사가 떠오르는 느낌이었습니다. '낮에는 따사로운 인간적인 여자, 밤이 오면 심장이 뜨거워지는 그런 반전 있는 여자'.

경주 여행의 처음과 끝은 국립경주박물관이었습니다. 방문 시점에는 APEC을 기념으로 신라 금관 6점을 모두 만날 수 있는 '신라 금관, 권력과 위신'의 특별전이 열렸는데, 많은 인파로 시간대별로 예약을 받고 있던 터라 첫날 관람하지 못해서 마지막 날 아침에 오픈런을 하여 볼 수 있었습니다. 고구려와 백제를 통일한 신라 왕조의 위엄을 느낄 수 있었고, 더욱 놀라운 건 금관이 처음 발견된 시기가 지금으로부터 얼마 안 된 일제강점기 1921년도라는 것이었습니다. 고려와 조선 시대를 거치면서까지 그동안 경주의 왕릉을 도심의 언덕으로만 생각했다는 것과, 금관총이 발견되기 전까지는 왕릉에 묻힌 금관을 비롯한 유물들이 세상에 알려지지 않았다는 사실이 새롭게만 느껴졌습니다. 지금은 부지만 남아있는 황룡사의 9층 목탑에 대한 역사

　　　　　인생을 바꾸는 공부머리, 일머리, 돈머리

적인 정보는 이번 기회에 다시 알게 되었습니다. 진흥왕 시절인 553년에 착공하여 선덕여왕 시절인 645년에 이르기까지 92년간 건축한 신라시대의 가장 상징적인 랜드마크인데, 목조건물로서 불에 타 없어진 것이 너무나 아쉬웠습니다. 당시 지상에서 약 80m에 달했던 이 목탑은 현대 건물로 치면 아파트 25층 정도 높이로, 통나무와 목재만으로 지어졌다는 점에서 기적에 가까운 기술 수준을 보여 줍니다. 한 차례 복원했음에도 고려시대 또다시 몽골의 침탈로 역사 속에 묻힌 우리의 문화 예술 작품이라, 터만 남은 현재 더욱 그리워서 잠시 눈을 감고 그 느낌을 상상하였습니다. 몇 해 전 다녀온 스페인의 '사그라다 파밀리아 성당'이 1882년에 가우디에 의해 설계된 뒤 2026년을 완공 목표로 140년이 넘도록 건축하고 있는데, 이미 우리는 1,400여 년 전에 그러한 건축물이 있었다는 사실만으로도 감격하지 않을 수 없습니다.

통일신라시대 김대성의 발원으로 창건된 불국사와 석굴암은 학창 시절 이후 오랜만에 가보았는데, 현생의 부모님을 위해 만든 불국사와 전생의 부모님을 위해 만든 석굴암의 장엄함에 또다시 놀라게 되었습니다. 토함산에 있는 석굴암과 불국사는 차로 약 20분 거리로 가까운데 두 곳 모두 오전 9시부터 입장이 가능합니다. 석굴암 관람 시간이나 이동 경로를 고려하면 평일이어도 이른 오전에 석굴암을 먼저 방문한 후 불국사로 가는 것이 여유로웠습니다. 그 당시 불교에 진심인 신라인들의 뛰어난 건축 기술로 화강암을 이용해 만든 석굴암이야말로 현존하는 세계 최고의 걸작임에도 불구하고, 지구상에 있는 다른 문화재들보다 그 가치를 덜 평가 받는 것 같아 아쉽기만 했습니다. 주위에 있는 화강암들을 보면서 석공들의 땀과 눈물을 기억했습니다. 일 년 중 부처님 오신 날에는 유리 벽이 오픈된다고 하는데 후일 부처님 오신 날 언젠가는 다시 한번 찾아오겠다는 마음을 뒤로 하고 불국사로 향했습니다. 불국사 역시 수많은 외국인과 60대가 넘으신 시니어 관광객들로 북적였습니다. 청운교와 백운교 앞에서 '그동안 얼마나 많은 수학여행 학생을 비롯한 관광객들이 사진을 찍었을까.' 하는 생각을 하면서 대웅전으로 들어가려는 찰나, 옆에 다른 일행들에게 안내해 주시는 관광 안내원 이야기를 귀동냥으로 들었습니다. 아치형의 무지개다리 건축 기술과 자연석으로 쌓은 돌담에 숨은 과학적인 지혜가 다시 한번 신라인들의 과학적인 총명함을 느낄 수 있었습니다.

경주 여행은 다른 곳보다 가성비가 뛰어났습니다. 2,000원 정도의 주차료 외에는 박물관이나 석굴암 등 모든 곳이 무료였고, 첨성대와 주변 왕릉들은 걸어 다니며 바라보는 것만으로도 문화와 예술 그 자체였습니다. 마지막으로 찾은 문무대왕릉은 불국사에서 약 23km 떨어진 곳인데, 경주 오시면 꼭 들러야 할 장소입니다. 통일신라를 이룬 문무대왕이 죽으며 왜구를 막기 위해 용이 되어 신라를 지키겠다는 유언대로 만든 수중릉입니다. 동해안 200m 거리의 대왕암에 자연석으로 동서남북 수로를 만들고 거북 모양 돌을 덮었는데, 그 안에 문무왕 유골이 있을 것으로 추정됩니다. 나라를 생각하며 죽은 문무왕과 그 유언을 따랐던 맏아들 신문왕은 조선 정조의 효심을 떠올리게 합니다. 예전엔 관광객이 많아 음식점들이 즐비했겠지만, 지금은 문 닫은 가게들로 적막한 분위기가 조금 아쉽습니다. 용왕을 모신다는 이유로 기도처나 방생용 물고기를 파는 곳들이 눈에 띄어 묘한 기분도 들었습니다. 세계 역사에서도 보기 드문 수중릉을 뒤로하고 경주로 돌아오는 길에 고구려부터 통일신라, 고려까지 우리 역사의 위대함이 지금도 이어지고 있는지 생각하게 되었습니다. K-컬처가 세계적으로 확산되고 있지만, 분단된 나라로 사는 후대의 아쉬움도 들었습니다. 경주는 공부하고 가면 아는 만큼 보이는 신비로운 도시였습니다. 학창 시절, 아이들과 함께, 중년 이후 이렇게 최소 세 번은 꼭 다녀와야 할 곳이라는 생각이 들었습니다. 언젠가 다시 찾으면 '오, 잘 지냈고 자네 또 왔는가?' 하며 반겨줄 것 같습니다.

제주도
서쪽 여행의 매력

새별 오름, 주상절리, 한라산 숲길, 산방굴사, 송악산 둘레길, 분좋카, 녹차밭, 미술관

제주도는 여러모로 우리나라의 숨은 진주입니다. 전국적으로 우리 국민이 가장 많이 마시고 있는 생수인 삼다수가 세상에 출시 된 1998년 이후는 더욱 소중한 섬이 된 것 같습니다. 약간 시들해지긴 했지만, 연예인들이 많이 내려가 거주면서 한때는 '제주 한 달 살기 체험' 신드롬이 생기기도 했습니다. 제주에서 거주하는 분들은 섬에 살기 때문에 제주를 제외한 대한민국 영토를 소위 '육지'라고 부르는데, 아무튼 육지에서의 고된 삶을 느낄 때면 심적으로 편안해 보이는 제주도의 삶을 꿈꾸기도 합니다. '제주도 푸른 밤'은 제주가 존재하는 한 우리에겐 영원히 잊히지 않을 노래가 될 것입니다. 마음의 안식처 같은 그러한 제주도는 여행할 때마다 새롭기만 합니다. 봄, 여름, 가을, 겨울 사계절에 따라 각기 다른 매력을 가지고 있고, 한라산을 기반으로 하는 숲과 제주 바다는 언제나 그대로 같지만, 항상 새롭습니다. 방문할 때마다 그때그때 다른 우리들의 상황들과 마음에

   인생을 바꾸는 공부머리, 일머리, 돈머리

따라 팔색조 같은 매력으로 받아들이기 때문일 것 같습니다. 모든 여행이 그러하지만, 제주도도 혼자 하는 여행인지 누군가와 하는 여행인지에 따라 그 느낌이 새롭습니다. 신혼 초나 연애 시절 둘만의 제주 여행과 우리의 보물인 자녀들이 어렸을 때 함께 하는 가족여행, 아이들이 청소년이 된 후 부부가 단둘이 하는 여행은 삶의 여정에 따라 느낌이 다르면서도 제주가 지닌 또 다른 매력을 줍니다. 물론 옛 여행이 추억이 되어 가봤던 곳을 다시 방문하기도 하고, 새로운 곳을 찾아다니기도 합니다.

아이들이 어렸을 때는 자연경관보다는 체험 중심이나 박물관을 찾아다녔습니다만, 이번 아내와 함께한 둘만의 제주 여행은 오롯이 제주의 숲과 자연을 즐기고자 하는 여행이었습니다. 시간이 아까웠던 걸까요, 마음의 여유가 없었던 걸까요, 하루에 거의 2만 보 수준을 걸으며 제주를 최대한 느껴보려 했습니다. 육체적으로는 강행군이었지만 생각보다 힘들지 않았고 매우 즐거웠습니다. 오후 늦게 도착한 제주 여행은 이튿날부터 본격적으로 시작하였습니다. 둘째 날 아침 식사를 한 뒤 서귀포로 넘어가는 도중에 제주의 대표적인 오름인 '새별 오름'을 찾았습니다. 오름은 화산 폭발로 생성된 화산재와 용암이 만들어진 작은 화산 지형으로, 제주에서만 볼 수 있는 독특한 자연경관입니다. 제주에 오기 며칠 전 경주를 방문했던 터라 여러 오름이 마치 경주의 거대한 왕릉을 부풀린 듯한 모습으로 보였습니다. 오름 앞에 주차한 뒤 정상까지 약 30분가량 가파른 길을 올라갔는데, 억새밭으로 어우러진 주변 경관 덕에 늦가을의 정취를 충분히 느낄 수 있었고 생각보다 힘들지 않았습니다. 정상에 오르니 사방으로 펼쳐진 제주도가 한눈에 들어올 정도로 가시거리가 훤히 트여 있었습니다. 해발 519.3m라고 하는데, 제가 자주 찾는 광교산이나 청계산보다 약간 낮은 높이임을 뒤늦게 깨달았습니다. 제주 화산 폭발로 땅 위에 오름이 있다면 바다에는 주상절리가 있습니다. 뜨거운 용암이 급격히 냉각·수축 되며 육각형 수직 기둥 수천 개가 모인 장관인데, 화산섬 제주에서만 볼 수 있는 천연자원입니다. 폭포 같은 경관은 육지나 타국에서도 볼 수 있지만, 주상절리는 볼 때마다 새롭고 신기합니다. 소정의 입장료를 내고 들어가는데 충분히 가치가 있었습니다. 주변 해안 산책로도 잘 정비되어 있었습니다. 서귀포 숙소를 한라산 인근에 잡았기에 제주 바다를 충분히 음미한 뒤 숙소로 향했습니다.

최근 좋은 공기를 마시고자 숲을 많이 다녔습니다만, 호텔의 넓은 부지 주변 오후 산책과 이튿날 아침 산책은 한라산 둘레길을 걷는 듯한 느낌을 주었습니다. 야생화와 잘 가꾼 편백숲, 약간의 습지 감성이 담긴 숲의 신비함이 몸속까지 상쾌하게 해주

있습니다. 셋째 날 산방굴사를 들렀다가 송악산 둘레길로 향했습니다. 마침, 그날이 대학수학능력시험 날이라 평일임에도 기도하러 오신 분들이 많으셨던 것 같습니다. 산방굴사 천정의 암석 사이에서 떨어지는 천연 약수 '석간수'는 인간 세상에 지쳐 바위가 된 여신 '산방덕'의 눈물이라는 전설이 있습니다. '이게 화산 암반수구나.' 하는 느낌으로 그 맛과 떨어지는 모습이 아직도 잊히지 않습니다. 제주를 여러 번 찾았지만, 송악산 둘레길은 이번이 처음이었습니다. 11월 중순임에도 기온이 20도 가까이 올라 바람도 없는 깨끗한 날씨여서 반팔 차림으로 걸었는데, 저 멀리 가파도와 마라도가 한눈에 들어왔습니다. 31년 전 대학교 1학년 여름 방학에 부산에서 배를 타고 제주에 처음 왔을 때 마라도를 다녀간 추억이 새록새록 떠올랐습니다.

이 좋은 경관의 송악산 둘레길을 그동안 왜 찾지 않았을까 하는 후회와 함께, 다음에 오면 꼭 다시 들러야겠다는 생각이 교차했습니다. 둘레길을 걷다 보면 일제강점기 일본군이 만든 동굴 진지들이 눈에 띄는데, 대표적인 다크투어 명소입니다. 아직도 제주 곳곳에 남아있는 일제 잔재를 통해 당시의 고통과 참상을 조금이나마 느낄 수 있습니다. 송악산은 제주 남쪽에서 가장 큰 오름으로, 바다와 어우러진 초원에 평화롭게 풀을 뜯는 말들의 풍경이 포근하게 다가왔습니다. 몇 해 전 뉴질랜드에서 승마

체험을 한 기억이 떠올라 길을 걷다 잠시 말타기 체험을 했습니다. 제주를 떠나 육지로 돌아가야 하는 마음 때문인지, 평화롭게 사는 제주의 말들이 더욱 부러웠습니다. 제주시와 서귀포를 오가며 서쪽 위주로 여행했는데, 다음에는 제주 동쪽을 더 느껴보고 싶다는 마음으로 저녁 비행기에 몸을 실었습니다.

제주도는 힐링의 장소이자 멋진 자연경관을 선사하는 곳이지만, 제주도민들에게는 4·3사건과 같은 아픈 역사도 간직한 소중한 고향입니다. 그날의 무고한 희생자들의 넋을 기리며 제주의 의미를 다시금 되새기는 좋은 기회가 되었습니다. 최근 일본이나 동남아를 선호하는 내국인뿐 아니라 글로벌 관광객들도 제주를 많이 찾았으면 합니다. 〈폭싹 속았수다〉 같은 드라마로 제주의 숨겨진 매력이 계속 알려지길 바라면서도, 한편으로는 많은 관광객으로 인해 잘 보존된 자연이 훼손되지 않을까 우려도 됩니다. 아무튼 제주의 가치를 제대로 알고, 우리 국민이 힘들 때 언제든 찾아가는 쉼터로 잘 지켜지길 바랍니다.

제주도
맛집 여행

동문 야시장, 김만복 김밥, 고사리 육개장, 제주 메밀, 돼지고기, 보말칼국수, 고기국수, 감귤

우리나라는 지역별로 먹거리가 다양하면서도 특색 있게 차별화되어 있습니다. 여행지가 어디든지 그 지역의 맛집을 찾게 됩니다. 지인들에게 여행 계획을 말하면 관광 명소보다 먼저 본인들이 다녀온 맛집을 추천해 주는 걸 보면, 먹는 것에 진심인 게 느껴집니다. '밤새 안녕하셨는지'라는 안부 인사와 함께 '식사는 하셨는지'를 묻는 게 대표적인데, 예로부터 무탈하고 잘 먹는 게 얼마나 중요한지 알 수 있습니다. 이번 제주 여행에서도 나름 맛있게 먹은 음식이 몇 가지 있었습니다. 제주도는 섬 특성상 회가 대표적이지만, 아내가 항암 치료 중이라 생선회와 해산물은 피해야 해서 스킵했습니다. 대학생 딸이 제주 출신 친구에게 물어 몇몇 식당을 추천받았는데 고마웠지만, 직접 찾아가진 않았습니다. 최근 업무 출장 때 맛보고 검증된 곳이나 평소 먹고 싶었던 음식 위주로 선택했습니다.

첫날 오후 늦게 도착해 석양을 보기 위해 바다가 보이는 카페로 향했습니다. 노을을 감상한 뒤 제주 시내 숙소에 체크인하고 동문재래시장 야시장으로 갔습니다. 예전보다 상권이 활발해 보이진 않았지만, 야시장 앞 30~40여 대 푸드트럭의 다양한 음식들은 외국인과 관광객들을 끌어모으기에 충분히 매력적이었습니다. 저희는 한 바퀴 둘러본 뒤 바비큐 폭립 같은 등뼈 고기, 꼬치, 코코넛 새우튀김을 포장했습니다. 숙소로 돌아오는 길에 홍대 앞에서 인상 깊게 먹었던 '제주 김만복 김밥'까지 사서 숙소에서 첫날 저녁을 만족스럽게 해결했습니다. 얼마 전 경주 여행에서 맛본 '교리김밥'과 함께 각 지역 특색 있는 김밥을 즐기는 것도 나름 재미있었습니다. 제주에는 해장국집이 특히 많고, 육지에서도 잘 알려진 프랜차이즈 해장국집들도 여럿 있습니다. 제주 출신 분들은 술을 못 드시는 분이 드물 정도로 알코올에 강한 편인데, 그 때문인지 아니면 관광객들이 술을 많이 드셔서 해장국집이 많은 건지는 정확히 알 수 없습니다. '미풍해장국', '대찬해장국', '은희네해장국' 등 유명 해장국집은 모두 경험해 보았는데, 각각 특색이 뚜렷해 취향에 따라 선호도가 갈렸습니다. 해장국 대신 일품 순두부나 고사리 육개장도 좋은 대안이 됩니다. 저는 이번에 '김재훈 고사리 육개장'을 이튿날 아침으로 선택했는데, 역시나 제주에서만 맛볼 수 있는 색다른 매력이 있었습니다.

   인생을 바꾸는 공부머리, 일머리, 돈머리

제주도가 우리나라 메밀 산지의 과반을 차지한다는 사실은 많이들 모르고 있습니다. 해마다 작황에 따라 생산량 차이는 있지만, 2025년 기준으로 1,703톤을 생산해 전국의 약 57.2%를 점유하고 있습니다. 메밀 하면 이효석 선생님의 〈메밀꽃 필 무렵〉 소설 덕분에 강원도 봉평이 먼저 떠오르시겠지만요. 저는 마케팅 업무 중 무균충전 페트병에 담긴 차 음료를 담당하며 출시도 했는데, 제주 메밀과 보리를 로스팅해 추출한 '제주 보메차'도 선보인 적이 있습니다. 그 인연으로 '한라산 아래 첫마을'이라는 메밀 영농조합과 협업했는데, 이름처럼 한라산 아래서 메밀을 재배하며 20여 가구 50여 분이 모여 사시는 작은 마을이자 음식점입니다. 이곳에서는 메밀 요리와 작은 카페를 운영하시는데, 맛이 좋아 관광객들이 줄을 서서 드시는 곳입니다. 이번 여행 둘째 날 점심에 방문해 시그니처 메뉴인 '제주 메밀 비비작작면'과 '제주 메밀 조베기'를 맛보았습니다. 요즘 육지에서도 들기름 막국수가 인기인데, 이곳 비비작작면은 제주 메밀면에 진한 양념과 들깻가루, 다양한 채소 고명이 어우러져 입안에서 풍미가 깊고 진합니다.

저녁에는 몇 달 전 동생이 다녀온 '보름숲'이라는 고깃집에 갔습니다. 숙소에서 5분 거리라 우연히 접근성이 매우 좋았습니다. 유명한 곳이라 웨이팅이 있을 줄 알고 오픈 시간에 맞춰 방문해 여유롭게 식사할 수 있었습니다. 제주도는 소고기보다 돼지고기가 유명한데, 몇 해 전 가족과 다녀온 '숙성도'도 인상 깊었습니다. 예전에 제주도 비타500 제품을 만들며 '숙성도'와 협업해 제주시 노형동 본점을 방문했는데, 요즘은 서귀포 중문점과 함께 육지에도 지점이 생겨 제주를 오지 않아도 맛볼 수 있어서 다행입니다. '보름숲' 역시 '숙성도'처럼 돼지고기를 훈연해 내주시고 직접 구워주시는데, 건물 외관도 고즈넉하고 고기맛도 훌륭했습니다. 마지막 날은 여유롭게 호텔 조식으로 아침을 맞았습니다. 여행에서는 한 번쯤 호텔에서 아침을 먹어야 여행의 느낌이 더 나는 것 같고, 오랜만에 국내 5성급 호텔 조식을 즐길 수 있어 좋았습니다. 서귀포 한라산 자락에 자리를 잡은 '위호텔'의 조식은 화려하지 않으면서도 정갈하고 깔끔한 느낌이었습니다. '제주 특색을 조금 더 담았으면….' 하는 아쉬움은 약간 들었지만, 쉐프님도 친절하시고 5성급 호텔다운 맛과 멋을 보여주셨습니다.

송악산 둘레길 공용 주차장 옆에 우연히 발견한 보말칼국숫집에서 보말죽과 칼국수로 점심을 하게 되었는데, 제주에서만 맛볼 수 있는 귀한 음식의 참맛을 느낄 수 있었습니다. 예전에 아이들과 함께 왔을 때 중문에 있는 보말칼국숫집을 찾았는데 그때도 실패하지 않았던 기억이 났습니다. 저녁 비행기였기 때

 인생을 바꾸는 공부머리, 일머리, 돈머리

문에 렌터카를 반납하기 전에 공항 인근 제주시로 와서 저녁 식사를 해결해야 했습니다. 제주도는 식당들이 일찍 문을 닫는 편이라 시간 맞춰서 '자매 국수' 음식점을 찾아갔습니다. 이곳은 작은 고기국수 집으로 시작했는데, 너무 유명해져서 새롭게 식당을 이전하여 넓혔다고 들었습니다. 고기국수의 국물과 들어 있는 고기 고명이 푸짐하여 제주의 마지막 식사를 잘 해결했습니다. 이번 제주도 여행에서는 예전에 한 번쯤 가 봤거나 지인의 추천으로 찾아간 음식점들이 모두 훌륭해 제주도의 참맛을 충분히 느끼고 올 수 있었습니다. 여행지에서 관광지만큼이나 숙소와 먹거리는 매우 중요한데, 제주도는 먹거리만큼은 걱정하지 않아도 될 것 같았습니다. 혹시나 이 글을 읽으시는 분 중에 제주를 찾게 되신다면, 제가 소개해 드린 음식점들에 대해서는 객관적으로는 후회하지 않으실 거로 생각하며 추천해 드립니다.

달리기 열풍,
러닝 크루

몇 해 전 〈나 혼자 산다〉 프로그램에서 기안84가 마라톤 완주하는 모습이, 저 포함 시청자들에게 감동으로 다가왔던 기억이 있습니다. 최근에는 마라톤 관련 〈극한84〉라는 다른 예능도 진행하는 걸 보니 이제는 평범한 마라톤을 넘어 좀 더 다이나믹한 모습으로 기대감을 높이고 있는 듯합니다. 코로나 이후 몇 년 전부터 전국적으로 러닝 열풍이 불었고, 러닝 크루 모임을 도심에서도 종종 볼 수 있습니다. 젊은 MZ세대들도 동참하면서 확산 속도가 매우 빨라졌습니다. 저는 허리가 안 좋아서 주로 걷기 위주로 운동을 했는데, 허리 수술 이후 코어 근육 운동을 병행하면서 최근에는 러닝을 하고 있습니다. 짧게는 5km를 뛰다가 10km도 가능하여 거리를 조금씩 늘리고 있습니다. 약 1시간 정도 뛰고 나면 칼로리도 650kcal 정도가 소모됩니다. 무릎 관절이 다소 걱정되긴 하지만, 무리가 가지 않는 범위에서 러닝은 계속하려고 합니다. 예전에는 체중 조절을 위해 수영을

   인생을 바꾸는 공부머리, 일머리, 돈머리

했었는데, 러닝이 칼로리 소모에는 가성비가 가장 좋은 것 같습니다.

처음에는 3~4km 지점에서 갑자기 에너지가 많이 필요해서 몸이 무겁고 숨이 차오르는, '사점(Dead Point)'을 경험했습니다. 산소 공급과 에너지 수요가 불균형을 이루고 심장과 폐혈관이 아직 준비가 덜 된 상태에서, 산소가 부족하여 근육이 무겁고 뻐근해짐을 느낍니다. 달리기가 숙련되면 좀 나아지겠지만, 어느 정도의 시간과 거리를 뛰고 나면 오히려 몸이 풀리고 호흡도 편하고 다리가 가벼워짐을 느낍니다. 사점을 극복한 뒤 소위 '세컨드 윈드(Second Wind)'가 찾아와서 이 정도라면 더 지속할 수 있을 것 같은 느낌이 들기도 하는데, 무리하면 안 될 듯하여 10km 수준에서 멈추곤 합니다. 기회가 되면 하프마라톤에 도전해 볼까 하는 생각도 드는 요즘입니다. 걷는 것을 좋아하는 이유는 사색하기 위함인데, 달리기는 또 다른 매력이 있습니다. 많은 생각을 하지 않게 되고 오히려 머릿속을 비우는 느낌입니다. 1시간 정도 달리고 나면 몸이 너무 가벼워지고 마음도 정화되는 느낌이 드는데, '이래서 러닝을 계속하는구나.' 하는 생각이 듭니다. 날씨가 추워진 요즘에는 실내에서 뛰지만 봄이 찾아오면 야외에서 새로운 도전을 하기 위한 워밍업이라고 생각합니다. 새로운 꿈이 있다는 건 언제나 설레는 일입니다. 때론 살아가면서

‘사점’과 같이 힘들고 어려운 상황에 부딪힐 때가 꼭 있습니다. 힘들어도 그것을 극복한 뒤에 찾아오는 ‘Second wind’가 있다는 사실을 알기 때문에 오늘도 열심히 달려봅니다.

인생지사는 '새옹지마', 시간의 소중함

　좋은 일이 생겼다고 안주할 수도 없고, 안 좋은 일이 생겼다고 주저앉을 수도 없습니다. 지금까지 살아온 경험으로는 '새옹지마'처럼 좋고 나쁜 일이 반복되는 것이 인생인 것 같습니다. 안 좋은 일을 이겨내면 반드시 좋은 일이 다시 찾아오고, 힘든 난관을 겪은 뒤에는 더 성장한 자신을 발견할 수 있기 때문입니다. 산을 오르다 보면 여러 갈래 길이 나오기도 하고, 안 가본 새로운 길이 나타나기도 합니다. 어디로 가든 길은 열려 있기 마련입니다. 좀 더 편한 길을 택했는데도 가다 보면 경사가 높은 길이 나오기도 하고, 처음 가보는 길이 기존 길보다 지름길일 수도 있습니다. 다만 자신이 가는 길이 옳다고 믿으면 정진하면 되고, 이 길이 아니다 싶으면 되돌아가거나 다른 길을 선택해 다시 나아가면 됩니다. 되돌아가는 길이 다소 불편하더라도 새로 시작하는 마음만 가지면 정상까지 가는 길은 그리 어렵지 않습니다. 결은 약간 다르지만, 고은 시인의 '내려갈 때 보았네. 올라갈 때 못 본 그 꽃'이라는 짧은 시는 바쁜 일상에서 놓치기 쉬운 소중한 순간과 주변 아름다움을 일깨워 줍니다. 좋고 나쁨을 겪으며 힘들게 올라가더라도 어느 정도 여유를 갖고 주변을 함께 바라보며 올라간다면 더할 나위 없을 것입니다. 지금까지 바쁘게 걸어왔다면, 이제부터라도 남은 인생의 긴 여정을 혼자 빨리 가려 하지 말고 누군가와 함께 천천히 즐기면서 올라가야겠습니다.

날씨가 추워지면서 미세 먼지 농도가 높으면 자연스레 바깥 활동이 줄어듭니다. 산책을 비롯하여 가벼운 운동도 실내에서 하게 되고, 그나마 집 근처 피트니스센터라도 찾아서 가게 되면 다행입니다. 하지만 겨울철엔 그마저도 실천이 쉽지가 않습니다. 요즘엔 넷플릭스, 디즈니 플러스, 유튜브 등 다양한 OTT 플랫폼으로 인해 집안에서 드라마나 영화를 보다 보면 하루가 금방 지나가게 됩니다. 특히, 본방송을 놓친 인기 드라마 시리즈를 하루 종일 정주행하다 보면, 다른 일은 거의 하지 못합니다. 재미있게 시간을 보낼 수는 있지만 큰 보람을 느끼긴 어렵습니다. 차라리 책을 읽고 사색이라도 하면 괜찮은데, 이러한 영상 콘텐츠는 단순한 흥미 위주로 시간을 보내는 용도라 정신 건강에도 큰 도움을 주진 않습니다. 하지만 이러한 유혹을 뿌리치기란 상당히 힘듭니다. 트렌드를 알고 대화를 해야 하기에 일부러

    인생을 바꾸는 공부머리, 일머리, 돈머리

이러한 영상을 접할 필요도 있습니다. 결국은 일과 생활의 밸런스를 유지하는 것처럼 생활에서도 밸런스가 중요합니다. 집안에서도 영상 시청을 제한적으로 하고, 다양한 활동을 하는 것이 좋습니다. 억지로라도 바깥으로 나가서 쇼핑하든지 서점을 가거나 가끔은 친구를 만나는 등 육체적인 활동을 병행해야 합니다. 시간을 쪼개서 많은 일들을 하기는 어렵습니다만, 효율적으로 활용하고 때론 본인이 정해 놓은 습관 내에서 규칙적인 활동을 하는 것이 중요합니다. 각자의 인생이 정해져 있지는 않지만, 살아가는 하루하루를 허투루 보내기에는 너무나도 아까운 소중한 시간이기 때문입니다.

동생이 있는
뉴질랜드로 출발

저에게는 두 살 터울의 아주 착한 남동생이 1명 있습니다. 동생은 삼성전자 주재원으로 러시아와 뉴질랜드에 거주한 경험이 있습니다. 동생이 주재원으로 있을 때 일부러 시간을 내서 두 곳을 여행차 다녀왔습니다. 지금은 우크라이나와 전쟁으로 분위기가 좋지 않지만, 당시 러시아는 2014 소치 올림픽을 앞두고 매우 활기찼었고, 여름휴가 시 가족들과 다녀왔습니다. 뉴질랜드는 운 좋게 회사 이직 기간과 일정이 맞아 2022년 8월 중 20일 넘는 긴 여행을 다녀왔습니다. 당시 부모님과 장모님까지 모시고 아이들과 아내 포함 7명이 뉴질랜드행 비행기에 탑승했습니다. 뉴질랜드는 북섬과 남섬으로 나뉘어 있는데, 8월에 갔더니 우리나라와 계절이 정반대라 겨울이었습니다. 동생은 북섬 오클랜드에 살고 있어 동생 집에 도착해 짐을 푼 뒤, 다음 날 국내선 비행기를 타고 남섬으로 이동해 며칠 동안 남섬을 여행했습니다. 동생 도움으로 여행 계획을 짜고 숙소도 예약했는

     인생을 바꾸는 공부머리, 일머리, 돈머리

데, 뉴질랜드가 처음이었지만 남섬에서는 어쩔 수 없이 제가 가이드 역할을 했습니다. 9인승 카니발을 렌트했는데 승합차(미니밴) 운전 경험이 없었고, 운전석이 우측이라 처음엔 많이 긴장했습니다. 다행히 교통 체증이 거의 없고 한적한 도로가 대부분이라 금방 적응할 수 있었습니다. 남섬은 북섬보다 훨씬 추웠고, 한여름에 눈을 보는 〈겨울왕국〉 여행 같은 기분이었습니다. 다시 생각해도 부모님과 장모님을 모시고 간 건 탁월한 선택이었습니다.

남섬에서는 크라이스트처치에서 시작해 테카포 호수, 마운틴 쿡, 퀸스타운, 라나크 캐슬, 더니든을 거치며 대자연을 만끽했습니다. 특히 마운틴 쿡 설산의 위용은 지금도 잊히지 않고, 퀸스타운의 '퍼거버거'는 인생 최고의 햄버거가 되었습니다. 오로라는 못 봤지만, 테카포 호수 숙소에서 쏟아지는 별빛은 '지구에서 가장 깨끗한 곳이 아닐까?' 싶을 정도였습니다. 동생은 주중에 일을 해야 해서 북섬으로 돌아간 뒤 합류했고, 주말에 로토루아 온천, 레드우드 삼나무 숲, 오클랜드 시내 등을 함께 돌아다녔습니다. 펭귄, 키위새는 물론 배를 타고 대왕고래도 처음 봤고, 1시간 넘게 승마와 사막 체험까지 하며 뉴질랜드는 '자연의 경이로운 선물과 함께 살아가는 나라'라는 느낌을 확실히 받았습니다. 2025년 영국 일간지 The Telegraph의 '세계 최고

국가 순위' 1위에 선정된 것도 다녀온 저로서는 행운처럼 느껴집니다. 청정 자연, 안전한 사회, 친절한 사람들, 모험과 힐링까지 모두 갖춘 여행지로 글로벌 여행자들의 버킷리스트 1위라 할 만합니다. 무엇보다 가족과 함께한 여행이라 더 소중했고, 다시 한번 오고 싶다는 강한 끌림을 느꼈습니다. 동생을 남기고 귀국하며 '여기서 평생 살라면 살 수 있을까?'라는 생각이 들었는데, 당시엔 '몇 년은 살겠지만, 평생은 외롭지 않을까?' 고민했습니다. 한 달 남짓한 여행이었지만, 대자연의 경이로움과 함께 해외에서 사는 교포들의 고충도 조금 느낄 수 있는 소중한 시간이었습니다.

팔순 기념,
잊지 못할 세부 여행

아버지는 전혀 기억하지 못하시겠지만, 태어나신 신생아 시절에 잠시 일제강점기를 겪으셨습니다. 1945년 음력 1월에 태어나신 아버지는 그해 8월, 일제강점기에서 해방된 광복을 경험하셨고, 한국 전쟁 당시 경찰관이셨던 아버지를 잃으셨습니다. 이제 대한민국 광복 80주년이 지난 지금, '해방둥이'이신 아버지는 팔순을 넘기셨고, 생신을 기념하며 2025년 설 연휴에 우리 가족은 대규모 여행을 다녀왔습니다. 몇 해 전만 해도 명절에 차례를 지내지 않고 해외여행을 떠나는 여행객들을 보면 부럽기도 하면서 좋지 않은 시선으로도 바라봤지만, 이제는 충분히 이해됩니다. 이번 여행에는 동생 가족 3명, 제 가족 4명, 부모님 2명, 그리고 동생과 저희 장모님까지 총 11명이 함께했습니다. 참고로 동생과 저, 두 분의 장인어른은 안타깝게도 결혼 전에 돌아가셔서, 두 장모님은 모두 오래전부터 홀로 계셨습니다. 다행히 두 장모님은 저희 어머님과 연세가 같고 친분도 깊어 자연스럽게 모시고 갈 수 있었습니다. 저는 이번 동남아시아 '세부' 방문이 세 번째였습니다. 이전에도 괌, 사이판을 포함해 동남아 여러 지역을 다녀왔지만, 세부는 바다가 가장 깨끗하고, 해양 스포츠를 비롯한 다양한 레저와 마사지 등 여러 조건을 고려한 끝에 여행지로 결정했습니다. 여행 몇 달 전, 항공권과 숙소도 미리 알아보고 예약했습니다.

이번 여행에서 가장 탁월한 선택은 숙소였습니다. 세부 막탄섬에는 여러 휴양 리조트가 있었지만, 11명의 대가족이 함께 움직이기에는 호텔보다는 풀빌라가 가성비도 좋고, 모여서 소통하기에도 적합했습니다. 풀빌라 안에는 음식 준비와 정리를 도와주시는 분들이 상주하고 있어 번거로움이 없었고, 바비큐나 음식을 별도로 요청하면 언제든 준비할 수 있었습니다. 가장 좋았던 점은 넓은 거실에 노래방 시설이 잘 갖춰져 있어, 아무런 제약 없이 음주와 가무를 즐길 수 있었다는 것입니다. 동생이 재무를 담당하고 저는 현지 가이드 역할을 맡아 전체 일정을 관리했습니다. 어르신 네 분이 체력이 좋으셔서, 좀 멀어도 새벽에 '오슬롭'으로 이동해 고래상어 투어도 할 수 있었고, 아일랜드 호핑 투어 등 바다에서도 충분한 시간을 즐겼습니다. 미리 준비한 플래카드와 현지에서 구매한 케이크로 서프라이즈 생신 파티를 열어, 아버지께 잊지 못할 추억을 선물할 수 있었습니

    인생을 바꾸는 공부머리, 일머리, 돈머리

다. 아버지의 아이디어로 결혼 초부터 가족여행계를 매달 모아 왔기 때문에 금전적인 부담도 크지 않았습니다. 이렇게 몇 년에 한 번씩 대규모 여행을 할 수 있는 가장 큰 이유는, 무엇보다 부모님이 건강하신 덕분입니다. 아이들도 시간이 맞아 함께할 수 있었고, 다 같이 일정을 맞추어 여행하는 일은 쉽지 않지만, 나이가 들수록 세월이 빠르게 흐른다는 것을 느끼기에 이러한 가족여행은 더욱 소중한 추억으로 남습니다. 굳이 해외여행이 아니어도, 국내 1박 2일 여행이어도 상관없습니다. 그냥 마음먹고 계획한 대로 움직이면 그 자체가 행복이 됩니다. 가족이 건강하게 함께 웃으면서 시간을 보낼 때가 인생에서 가장 행복한 순간입니다.

우리 민족의 위대함,
국립중앙박물관에서

2025년 12월 11일 오후 2시경을 기점으로, 용산에 있는 국립중앙박물관 연간 누적 입장객 수가 600만 명이 넘었다는 기사를 보았습니다. 제가 그날 오후 1시경 입장했으니 아마도 입장객 순서로는 599만 몇천 번째 정도 되겠네요. 올 한 해 〈케이팝 데몬 헌터스〉 애니메이션 인기도 한몫했고, 그에 따른 뭇즈의 영향과 함께 국내 관람객뿐 아니라 외국인도 많이 증가한 것 같습니다. 아이들이 어렸을 때 함께 방문한 뒤로 참 오랜만에 평일의 시간을 내어 다녀왔습니다. 상설전시관은 무료 관람이고 5,000원 정도의 적은 비용으로 이순신 특별전도 관람할 수 있었습니다. 약 한 달 전 경주 국립박물관을 다녀온 뒤, 이런 문화유산에 더욱 관심을 두게 되었고, 어렸을 때는 안 보이던 것들이 이제야 보이는 것 같습니다. 총 3층으로, 좌우로 전시관이 구성되어 있었는데, 1층에는 선사시대부터 삼국시대 통일신라와 발해 고려 조선에 이르기까지 우리나라 역사 문화의 일대기

   인생을 바꾸는 공부머리, 일머리, 돈머리

가 전시되어 있습니다. 평일이라 학생들도 체험 학습을 온 듯하고, 박물관 측에서 설명해 주시는 분들도 곳곳에서 눈에 띄었습니다. 전체적인 동선과 유물의 전시 상태가 잘 어우러져, 자연스럽게 역사의 현장에 스며들 수 있었습니다. 디지털 강국답게 다양한 콘텐츠 영상관을 통해, 잠시 쉬어갈 수 있는 휴게 공간에서 관람객을 세심하게 배려한 센스가 느껴졌습니다. 신라시대와 통일신라시대관은 특별히 더 익숙한 느낌이 들었습니다. 신라의 금관이 용산 중앙박물관에는 없었지만, 경주 국립박물관 특별관에서 보았으므로 더 뿌듯한 마음이 들었습니다.

애니메이션으로 보여주는 석굴암이 만들어지는 과정은 한 달 전 직접 토함산에서 본 감회가 다시 떠오르게 했고, 석굴암 현장이나 경주 국립박물관에도 이런 애니메이션을 상영하면 좋을 것 같다는 생각이 들었습니다. 예전에 백제의 숨결이 있는 국립부여박물관에도 다녀온 경험이 있는데, 다음 기회에 다시 한 번 가보고 싶은 마음이 들었습니다. 고려나 발해의 경우, 북쪽에 많은 유산이 있을 텐데 다른 시대에 비해 상대적으로 전시관의 문화유산이 적은 것이 마음에 걸렸습니다. 특히나 조선시대 500년의 역사가 매우 가깝게 느껴졌습니다. 정조의 재위 기간이 1776~1800년인데, 불과 제가 태어나기 200년 전이라는 사실이 새삼 멀지만은 않은 과거였다는 생각으로 피부에 와닿았습니다. 비록 근대사의 흔적은 박물관에 없지만 일제강점기 이후 우리가 광복한 것이 불과 80년밖에 안 되었고, 한국 전쟁이 끝나고 폐허가 된 지 70여 년 만에 세계에서 여러모로 우뚝 설 수 있었던 우리 민족의 저력이 너무 자랑스럽습니다. 한 편으로 향후 200년 이후, 이곳에 전시될 만한 우리의 문화유산들을 생각해 보면, 현시대에 살고 있는 우리가 좀 더 분발해야겠다는 생각도 들었습니다. 결국 한글을 창제하고 세계 최초의 금속 활자를 만들었던 민족이기에, 스마트폰이나 반도체와 자동차 조선업 등 아직도 기술력을 인정받고 있고, 향후 AI 역시 우리가 주도해 나가지 않을까 생각합니다.

삼국시대 이후 우리 민족은 중국과 일본 등 주변국과 수없이 맞서고 교류하며 살아왔습니다. 그 역사를 돌아보면, 외교와 무역의 바탕에는 스스로 지킬 힘, 즉 자주국방이 반드시 필요하다는 생각이 듭니다. 힘은 타인을 억누르기 위한 수단이 아니라, 스스로를 지키기 위한 최소한의 의지이기 때문입니다. 이번에 관람하지 못한 충무공 이순신 장군 특별전은 꼭 다시 찾고 싶습니다. 나라를 지키는 참된 힘이 무엇인지, 그분의 삶에 답이 있기 때문입니다. 삼국 통일을 이룬 김춘추와 김유신, 고려를 세운 왕건, 발해의 대조영, 조선을 건국한 이성계 등은 시대의 전환기마다 새로운 나라를 세운 인물들입니다. 그들의 선택과 변

 인생을 바꾸는 공부머리, 일머리, 돈머리

화의 과정은 오늘날 성공으로 평가되어 역사 속에서 미화되기도 합니다. 그러나 권력이나 세력을 다투는 정치적 갈등보다, 백성을 위하고 민심을 살피며 평화로운 번영을 이어간 지도자의 역할이 더욱 중요했습니다. 그런 의미에서, 우리 민족의 위대함을 다시금 되새기게 하는 이곳 국립중앙박물관은 깊은 울림을 주는 장소입니다.

내 인생의 축구,
그 의미

2025년 KBO리그는 출범 이래 처음으로 총관중 1,200만 명을 돌파하며, 약 1,230만 명을 기록한 역대 최고의 한 해였습니다. 야구는 공수 전환이 주는 긴장감과 함께 독특한 응원 문화가 형성되어 있으며, 시즌 동안 월요일을 제외하고 매일 경기가 열립니다. 각 구단마다 개성 있는 응원가가 있어 또 다른 재미를 주는 것도 특징입니다. 경기 시간은 축구보다 길고 득점이 많은 편이라, 국내에서는 프로축구인 K리그보다 관중이 많은 이유가 아닐까 생각됩니다. 특히 기존의 야구팬층에 더해 젊은 여성 팬들이 대거 유입되면서 국내 야구의 팬덤은 한층 확산되었습니다. 야구는 미국을 비롯한 북중미와 일본, 그리고 우리나라 등 아시아 일부 국가에서는 큰 인기를 얻고 있지만, 유럽이나 다른 대륙에서는 상대적으로 대중적이지 않습니다. 반면 전 세계적으로 가장 사랑받는 스포츠는 단연 축구입니다. 유럽에서는 축구 선수와 패션모델이 남성들의 선망 직업이라는 말이 있을 만큼, 잉글랜드를 비롯한 유럽 내 축구 인기는 가히 압도적입니다. 축구는 야구와 달리 몸싸움이 치열하고, 공수의 구분 없이 90분 동안 끊임없이 경쟁이 이어지는 역동적인 매력을 지닙니다. 여기에 4년마다 열리는 월드컵의 전 세계적인 영향력까지 더해져 축구의 인기를 더욱 견고하게 만들고 있습니다.

2026년 북중미 월드컵은 6월에 미국과 멕시코 캐나다에서 공동 개최 예정입니다. 벌써부터 결승전 티켓 가격이 무려 최소 600만 원 이상이라고 하니 상업적으로도 많은 마케팅이 예견됩니다. 우리나라 역시 11회 연속 월드컵 본선 진출에 성공했으며, 얼마 전 본선에서 치러질 조별리그 조 편성도 확정되었습니다. 물론 이번 대회부터는 과거 24개국에서 32개국으로 본선 진출 국가가 늘어나긴 했지만, 1986년부터 11회 연속 월드컵 본선 진출의 쾌거는 아시아에서는 최초이고 전 세계에서도 6개국만 이룬 성과라 그 의미가 크다고 합니다. 제가 축구를 사랑하게 된 건, 우리나라가 11회 연속 본선 진출의 시발점인 1986년이 가장 큰 계기가 되었습니다. 공교롭게도 1986년에는 당시 멕시코에서 열린 월드컵이었고, 2026년 우리나라 예선 3경기 역시 멕시코에서 경기가 펼쳐질 예정입니다. 초등학교 5학년 무렵, 새벽에 일어나서 아버지와 함께 월드컵 축구를 생중계로 보았던 기억이 새록새록 합니다. 우리나라 축구의 최초 부흥기가 저뿐만이 아니라 중년의 남성들에게는 대부분 그때 시작되었다고 해도 과언이 아닙니다. 1987년에 수원으로 이사 온 뒤 1988년 올림픽 무렵, 처음으로 TV가 아닌 수원종합운동장에서 선수들이 실제로 뛰는 국제경기를 보았을 때의 흥분과 감회 역시 지금도 기억날 정도로 생생합니다. 아직도 믿기지 않은 2002년 월드컵 4강 신화가 대한민국 축구의 전성기였고, 당시 한·일 월드컵 레전드들의 경기를 최근 예능프로그램에서 볼 수 있어서 감동적이었습니다. 학창 시절뿐 아니라 사회에 나와서도 직장 내 축구 모임이나 동네의 주말 조기 축구에도 나가면서 30대 초반까지 직접 필드에서 축구를 즐겼습니다. 조기 축구 당시 어느 날, 허리 통증을 느껴 만성 허리 디스크를 확인한 후부터는 직접 게임을 뛰진 않았습니다.

2002년 월드컵 이후 대표팀 선수들이 유럽에 진출하고 박지성 선수가 2005년 프리미어리그 맨체스터 유나이티드에 입단하면서부터 유럽 리그나 챔피언스리그에도 관심을 끌게 되었고, 새벽에도 알람을 하고 주요 경기를 보기도 했습니다. 저의 축구에 대한 열정이 한 편으로는 2006년도에 태어난 첫째 딸의 육아에 신경을 덜 썼다는 질책으로 돌아왔고, 지금도 가끔 분위기가 안 좋을 때면 아내에게 20년 전의 쓴소리를 듣고 있습니다. 힘들 때 도움이 못 된 대역 죄인으로 평생 짊어질 짐이 생겼는데, 지금 현명한 젊은 남편들은 저의 전철을 밟지 않았으면 합니다. 둘째 아들이 태어나고 초등학교 저학년 때까지는 주

 인생을 바꾸는 공부머리, 일머리, 돈머리

말마다 함께 공을 차면서 놀아주었던 것이 엊그제 같습니다. 유럽에서는, 태어나 아빠와 함께 축구장에 가고, 성인이 되어 친구들과 함께 가고, 결혼 후 가족들과 함께 가는 것이 자연스러운 축구 문화라고 합니다. 20대 초반 미국 어학연수 시절 이탈리아 친구와 함께 축구하면서 축구 이야기를 나눈 것들도 기억에 많이 남습니다. '안토니오'라는 이름 외에 연락처가 없는데, 지금 저와 비슷한 나이일 텐데 잘 살고 있는지 서울에서 김 서방 찾기나 다름없을 것 같은 상황이 너무 아쉽기만 합니다. 몇 해 전부터 방영한 〈골 때리는 그녀들〉을 통해 여자들도 축구에 관해 관심이 커진 것은 우리나라 축구 문화 확산에 많은 도움을 주고 있습니다.

저에게 축구 선수는 어렸을 때부터 꿈이었고, 축구는 인생에서 많은 부분을 차지하고 있습니다. 허리 수술 이후 이제 장거리 러닝도 가능하게 되어, 혹시 허락한다면 너무 늦기 전에 앞으로 그라운드를 다시 밟는 희망을 품고 있습니다. 아무쪼록 대한민국 축구 국가대표 선수들과 코치진들이 남은 기간 부상 없이 잘 준비해서 2026년 좋은 성적을 얻고, 국민들에게도 많은 기쁨과 힘을 불어넣어 주었으면 하는 기대를 합니다.

'오 필승 코리아~'

에버랜드의 추억과
레트로 여행

　　놀이동산의 추억은 누군가에게나 있습니다. 특히 아이들에게는 예전이나 지금이나 놀이동산은 동심을 넘어 판타지와도 같은 공간입니다. 저도 어렸을 때 현재 에버랜드의 전신인 자연농원에 부모님이 데리고 가셨다고 합니다. 당시 미취학이었을 때인데, 사람이 너무 많아 저를 그만 잃고 말았는데 한참 뒤 저를 찾았다고 합니다. 저는 부모님이 없어진 줄도 모르고 범퍼카를 계속 지켜보고 있었다고 합니다. 제 아이들도 어렸을 때 놀이동산을 가끔 데리고 다녔는데, 마치 다른 세상에 간 듯이 하루 종일 신나게 놀았던 기억이 새록새록 합니다. 얼마 전 우연히 아내와 딸과 함께 세 명이 놀이동산을 찾았습니다. 딸은 그곳에서 친구들을 만나 별도로 시간을 보내고, 저는 아내와 오랜만에 자유롭게 놀이동산 곳곳을 돌아다녔습니다. 마침, 할로윈 데이여서 놀이동산은 할로윈 분위기가 물씬 풍겼고, 최근 전 세계적으로 넷플릭스를 통해 흥행한 K-POP 애니메이션 〈케이팝 데몬

　　인생을 바꾸는 공부머리, 일머리, 돈머리

헌터스〉 팝업 스토어까지 분위기를 더 띄우고 있었습니다. 잠깐 동심으로 돌아가 퍼레이드도 보고 즐겁게 지내고 왔습니다. 이제는 체력이 도와주지 않아 5시간 정도면 방전이 되어 더 이상 버티기가 힘들더군요. 아무튼 사진도 찍고 부담스럽지 않은 놀이기구도 몇 개 타보고 사파리도 보고 했는데, 돌아오는 길에 아내와 느낀 점은 똑같았습니다. 놀이동산은 변한 게 없는데 이제는 우리 아이들이 어렸을 때 함께 가봤던 감흥도 떨어졌습니다. 잠시나마 옛 추억을 느낄 수는 있었지만, 우리가 변해서인지 예전만큼 신나지는 않았던 것 같습니다.

자연경관은 언젠가 또 오고 싶고 다시 가봐도 멋집니다. 놀이동산은 웅장함이나 멋짐은 어렸을 때보다 사라졌지만, 행복한 추억과 재미가 있는 그런 장소인 것 같습니다. 사람도 마찬가지라고 생각됩니다. 항상 새로운 사람을 만날 수는 없습니다. 가끔 보든지 자주 보든지 간에 언제나 즐겁고 또 보고 싶은, 그런 친구 같은 존재로 서로 남는 것이 중요합니다.

결혼 20주년쯤, 연애 시절을 떠올리며 아내와 함께 과거로 여행을 해 보면 연애 세포가 다시 피어오릅니다. 연애 시절에 가보았던 음식점에 가서 식사도 하고, 예전에 처음 살았던 신혼집 근처 주변 바뀐 환경을 거닐며 산책도 해 봅니다. 자연환경은 그대로인데 새로운 건물들도 많이 들어섰고, 기존 건물에 들어가면 내부도 많이 바뀐 걸 보고 격세지감을 느끼게 됩니다. 당시에는 맛있었는데, 지금의 돈가스 맛은 별로여도 옛 추억을 떠올리며 함께 추억을 먹습니다. 그동안 여러 차례의 위기들도 있었지만, 당시의 '연애와 결혼이 아니었더라면 우리 보물들이 안 태어났을 텐데.' 하는 생각과 함께 지금까지 잘 버텨온 걸 서로 위로합니다. 아이들이 시간 내어 함께 오면 더 좋겠다는 마음과 함께 앞으로의 더 멋진 20년 이후의 생활을 생각하며, 레트로 여행을 마감하면서 희망찬 미래를 다시 설계해 보았습니다. 10년 전 재밌게 봤던 〈응답하라 1988〉의 10주년 기념 프로그램에서 나머지 배우들은 그대로인데, 당시 다섯 살 '진주'역의 아역 배우만이 중2가 되어 부쩍 자란 모습을 보았습니다. 지금은 배우로서의 생활을 하고 있지는 않지만, 영재 학교를 다니면서 훌륭하게 성장한 모습이 다른 배우들에게 묘한 감정들을 갖게 했고, 촬영 당시의 추억들과 함께 어우러져 눈물을 흘리는 모습들을 보았습니다.

하루하루가 빠르게 변해가는 과정에서 잠시 과거로의 시간여행을 다녀오면, 추억도 새록새록 하지만 현재를 더욱 알차고 행복하게 보내야겠다고 다짐하게 됩니다. 과거는 바뀔 수 없지만, 앞으로 10년 뒤 나의 모습을 상상하면서 미래의 타임머신도 한번 타보고 와야겠습니다.

대운의 기운,
사주팔자와 새해 소망

　모든 인간은 태어날 때부터 운명을 타고난 걸까요? 명리학에 따르면 명(命)은 타고 나지만 운(運)은 살아가면서 바뀐다고 합니다. 같은 날, 같은 시각에 태어난 사람들이나 심지어 같은 집에서 태어난 쌍둥이도 각각의 운은 다릅니다. 명은 사주팔자에 의해 다양하게 나타날 수 있고, 운은 환경적인 요인이 많기 때문입니다. 쌍둥이가 같은 가정환경 속에서도 부모가 각자 어떻게 키우느냐 또는 다른 상황에 따라 각자 다른 길을 가게 되는 겁니다. 내 명을 펼 수 있는 환경이 다행히 내 편이면, 운이 좋다는 이야기를 하게 됩니다. 나를 둘러싼 우주의 기운이 다르다는 '대운'은 10년마다 주기가 바뀐다고 합니다. 재물운은 떼돈을 번다는 의미보다는, 본인의 명을 실현하는데 필수 불가결인 돈이 부족하지 않다는 의미입니다. 타고난 명과 직업적으로 잘 매칭이 되고 운이 좋으면, 성공하게 될 확률이 높아 보입니다. 명리학은 과거 학문이고 상황이 지금과는 많이 바뀌기도 했습니다.

해마나 새해가 되면 복 많이 받으라고 덕담합니다. 기회는 준비된 자에게 온다고도 하는데, 명리학의 기준에서는 우리에게 언제 찾아올지 모르는 저마다 좋은 기운을 놓치지 않고 잘 활용할 수 있는 지혜가 필요하지 않나 싶습니다. 언제나 그랬듯이 힘들었던 지난해를 액땜하고 올해에는 정말 좋은 일들이 많이 일어나기를 바라는 마음으로 하루하루 소중하게 살아야겠습니다.

해마다 새해가 되면 우리는 새로운 365일을 선물 받는 기분으로, 일출을 보면서 저마다의 소원을 빕니다. 우리 가족은 최근 몇 년간 집에서 가까운 광교 호수공원에 걸어가서 일출을 보고 소원을 빌고 왔습니다. 해돋이 장면이 잘 보여서 처음에는 숨은 명소라 생각했는데, SNS의 힘인지 점점 알려져서 요즘엔 새해 첫날 이른 아침부터 많은 사람들이 몰리는 인기 높은 장소가 되었습니다. 새해 제 루틴 중 또 하나는 첫 주말에 등산하는 것입니다. 가까운 청계산이나 광교산 정상에 오르는 것인데 과거 함께 일했던 선·후배와 함께 합니다. 매년 산에 오르고 내려오면 마음이 정화되는 느낌이 들고 '또 한해가 시작이구나.' 하는 마음에 산의 힘찬 정기를 받고 내려옵니다. 하루하루를 알차게 써 내려다보면 1년이 짧기도 하지만, 한 해 동안 생각보다 많은 일들이 벌어지기도 합니다. 순탄하거나 너무 행복하기만 했던 한 해는 없지만, 지나고 나면 안도감과 함께 아쉬움이 남

     인생을 바꾸는 공부머리, 일머리, 돈머리

기도 합니다. 누군가는 어차피 하루하루가 새로운 날들인데 굳이 새해를 너무 호들갑스럽게 맞이하는 거 아니냐고 할 수도 있습니다. 저 역시 저 멀리 동해 앞바다까지 일출을 보러 갈 용기는 20대 이후로는 안 하고 있습니다. 하지만 새롭게 다짐하고 각오를 새롭게 하는 '나와의 약속'이라는 측면에서는, 별거 아닌 것 같지만 일종의 의식처럼 나름 의미를 두는 것도 괜찮습니다.

우리가 소원을 비는 것은 나약해서 그런 것이 아닌, 일종의 자기와의 무의식적인 약속입니다. 올 한 해 건강을 비는 것은, 최소한 건강한 삶을 살겠다는 다짐이기도 합니다. 오늘은 내 생애 가장 젊은 날이고 올 한 해는 가장 젊은 한 해인데, 큰 것을 바라기보다는 아무런 사고 없이 무탈하게 한 해를 보내는 것만으로도 가장 큰 행복한 일상이 됩니다. 세상일이 항상 내 맘대로 되진 않지만, 남은 인생만큼은 내가 주인공이 되어 맘껏 펼쳐나갔으면 합니다.

수염, 인생의 속도 vs
잔디, 자연의 속도

사람마다 개인차가 있고, 주로 남성들에게만 해당하기는 하지만… 아침에 일어나서 시작하는 하루 루틴 중 대부분의 남성은 수염을 깎는 일로 시작합니다. 예전에는 유교 사상으로, 부모로부터 받은 수염조차도 깎지 않았으나, 미용을 위해서라도 면도는 현대 생활의 자연스러운 습관이 되었습니다. 나무위키에 따르면 수염이 물리적으로 자라는 속도는 머리카락과 동일하며 하루에 0.27~0.4mm 정도 자란다고 합니다. 이 중에서 낮에 60% 밤에 40% 비율로 자라고, 특히 오전 8~10시경에 가장 많이 자라며 계절로는 여름에 더 빨리 자랍니다. 다만 자라나는 수염의 양은 개인차가 심한 편으로, 며칠만 길러도 얼굴을 덮을 정도로 풍성하게 자라는 사람이 있지만, 저와 같이 일주일 면도를 안 해도 별로 티가 안 나는 사람들도 있습니다. 한편, 잔디의 성장 속도는 하루 0.5~2cm 정도 자라며, 봄과 가을에 가장 빠르게 자라고 여름과 겨울에는 성장 속도가 느려집니다. 당

     인생을 바꾸는 공부머리, 일머리, 돈머리

연히 온도, 수분, 토양 영양분이나 잔디의 종류에 따라 성장 속도가 달라집니다. 우리나라 도심의 주거는 대부분 아파트 단지로 이루어져서 단지 내 잔디밭이 있지 않으면 교외로 나가거나 공원을 가야 잔디를 볼 수 있습니다. 동생은 판교의 타운하우스 형태에 주거하는데, 지난 연말에 가보았더니 잔디를 잘 가꾸고 있었습니다. 잔디 역시 건강한 생육과 관리를 위해 그리고 미관을 위해 자주 깎아주어야 합니다.

어쩌면 인생의 속도와 자연의 속도는 수염과 잔디가 자라는 속도만큼 닮아 있는지도 모릅니다. 우리는 매일 부지런히 살아가다 보면 이런 변화를 느끼지 못한 채 그 속도에 둔감해지곤 합니다. 하지만 삶의 속도를 잠시 늦추면, 아침 면도가 단순한 루틴이 아니라 '오늘도 새로운 하루가 시작되고 있구나.' 하는 작은 깨달음이 됩니다. 자연의 속도를 물리적으로 따지면 사람보다 최대 열 배 정도 빠른 것 같습니다. 특히 봄과 가을에는 그 성장이 더 빨라, 매일 산을 찾는다면 그 변화를 몸으로 느낄 수 있을 것입니다. 흐르는 시간의 속도 속에 자신을 맡기고, 하루의 리듬을 체감해 보는 것도 좋은 경험이 되겠지요. 하루하루 새로 자라는 수염에 감사하며, 이번 주말엔 바쁜 일상을 잠시 내려두고 자연의 잔디가 자라는 속도를 직접 느끼러 밖으로 나가 보는 건 어떨까요?

세월 속에 단단해지는,
나무와 나의 중심

　나무도 수명이 있을까요? 나무는 종마다 평균 수명이 다르고, 기후나 토양 바람과 같은 자연환경이 나무의 건강과 수명에 가장 큰 영향을 미친다고 합니다. 몇 해 전 다녀온 뉴질랜드와 같은 나라는 환경이 달라서 그런지 숲이 우리나라보다 훨씬 우거지고, 레드우드와 같은 종은 수천 년간 살 수 있다고 합니다. 지난해 우리나라도 산불로 많은 숲이 잿더미로 변했는데, 글로벌 자연재해로 인한 인간의 피해가 환경의 파괴로 인해 더 큰 재앙을 가져오지는 않을지 우려됩니다. 해충 등의 피해나 벌목으로 인해 나무의 수명이 다하기도 하지만, 매년 성장하는 나무는 더욱 굵어지고 단단해집니다. 나무는 시간이 지날수록 나이테가 늘어나고 기둥이 굵어지는데, 놀랍게도 나무 기둥 중에 살아 있는 부분은 형성층(생장점)이 존재하는 부위라고 합니다. 이 형성층은 나무가 나이테를 만들며 굵어지는 2차 생장을 담당하는 조직으로, 이 부분이 남아있어야 나무는 계속 성장할 수 있

　인생을 바꾸는 공부머리, 일머리, 돈머리

습니다.

　나무의 중심부는 생명이 이미 소실된 부분이지만, 그 중심이 없으면 위로 자라날 수 없습니다. 결국 나무의 중심은 건강과 안전을 지탱하는 중요한 역할을 계속하고 있는 셈이지요. 사람도 마찬가지입니다. 나이가 들수록 얼굴에 드러나는 주름은 지우고 싶지만, 세월의 주름 속에는 눈에 보이지 않는 노련함과 단단함이 새겨집니다. 그것은 마치 나무의 나이테 속에 숨겨진 단단한 중심과도 같습니다. 한 해가 저물고 새해가 찾아올 때면, 나도 모르게 조금 더 성숙해져 있음을 느끼지만 괜히 세월 탓을 하곤 합니다. "또 한 살 더 먹었구나." 하지만 해마다 늘어가는 나이와 주름 속에서도 나를 든든히 받쳐 주는 것은 바로 '내 안의 중심'일지도 모릅니다.

행복해야 건강합니다

2025년 8월 12일,
새로운 인생

소중한 것들은 익숙해지면 소중함을 잊고 산다.

어떤 계기가 오기 전까지는….

특히 가족 간의 사랑은 더 그렇습니다.

2025년 8월 12일은,

와이프가 폐암 판정을 받은 두 달 뒤 수술을 한 날입니다.

폐암 1기인 줄 알았는데 수술하면서 전이가 발견되어

4기 판정을 받은 날입니다.

와이프와 제가 다시 태어난 날이기도 합니다.

가장 소중한 지금의 시간은 영원하지 않습니다.

무엇보다 나를 사랑해야 하고,

나를 사랑해 주는 사람을 아껴주어야 합니다.

내가 먼저 베푸는 건,

아무런 대가 없이 몸에서 스스로 나와야 합니다.

행복은, 우리 일상을 어떻게 살아가는가에 대한

마음가짐에서부터 옵니다.

　요즘은 무병장수가 아니라 일병장수라고 합니다. 병이 하나쯤은 있을 수 있지만 의료 기술이 많이 발전되어, 그 정도는 이겨낼 수 있다고 너무 걱정하지 말라는 위로의 말처럼 들리기도 합니다. 의료 기술의 발전은 실질적으로도 맞는 말이기도 하거니와, 죽을 고비를 한 번쯤 겪어본 사람이 더 오래 사는 경우도 주위에 많습니다. 그만큼 건강을 고맙고 소중하게 여기게 되어 남들보다 더 염려하고 챙기는 이유인 것 같습니다. 건강할 때 내 몸을 더욱 챙겨야 합니다. 건강을 잃으면 모든 것을 잃게 된다는 이야기는 직접 또는 간접적으로라도 겪어보지 않으면 남들 이야기로만 생각합니다. 예전보다는 더욱 건강을 챙기는 트렌드가 사회적으로 확산하는 분위기는 매우 긍정적인 것 같습니다. 만성 질환 치료에 대한 약물 거부감이 줄어들었고, 음주 문화는 한층 건전해졌으며, 청소년들의 금연 인식도 개선된 것으로 보입니다. 개인의 실천도 중요하지만, 건강에 대한 사회적인 태도나 책임이 국가를 더욱 건강하게 만드는 초석입니다.

 　　　　인생을 바꾸는 공부머리, 일머리, 돈머리

건강할 때
건강을 지켜야 하는 이유

건강이 무너지면 그 어떤 일도 제대로 해낼 수 없습니다. 우리가 평소에 "어디 아픈 데 없지?", "아프지 마라."라고 말하는 것은 단순히 감기 조심하라는 뜻이 아니라, 늘 건강하게 지내길 바라는 마음에서 비롯된 인사입니다. 요즘 TV홈쇼핑의 암보험 광고 문구 중에 "가장 위험한 암은 위암, 폐암, 췌장암이 아니라, 준비 없이 찾아오는 암이다."라는 문장이 인상 깊었습니다. 물론 보험 가입을 유도하는 멘트이긴 하지만, 사실 병은 갑자기 생기는 것처럼 보여도 대부분 오랜 시간 신호를 보내왔던 경우가 많습니다. 아프면 가장 힘든 사람은 결국 나 자신입니다. 가족들이 함께 걱정하고 고통을 나누더라도, 건강을 되찾기 위한 여정은 결국 본인의 몫입니다. 때로는 원인을 알 수 없는 병이 생기기도 하지만, 대부분의 질병은 생활 습관과 스트레스에서 비롯된다고 생각합니다.

저는 불과 1년 7개월 전에 허리 협착증 수술을 했습니다. 만성 질환으로 고생하던 허리 통증이 2024년 초 너무 심해져서 동네 신경외과에서 주사도 맞고 약을 처방 했었는데 통증이 악화하고 도저히 참을 수가 없어서 전문 병원으로 갔습니다. 잘 걸을 수도 없는 상황에서 MRI를 찍고 난 뒤, 그 결과를 보시고 의사 선생님이 "지금까지 어떻게 참았냐?"라고 하시면서 "대·소변은 잘 가리냐?"라고 물으셨습니다. 척추의 2~5번까지의 3개 마디가 다 막혀 있었고, 심각한 상황이어서 바로 입원하고 감압 수술을 했습니다. 아마도 잘못된 허리 자세가 누적되어 나타난 증상이라고 생각됩니다. 허리 수술 후 몇 개월의 요양 이후, 정상적인 허리를 되찾게 되었습니다. 세란병원 김지연 센터장님, 수술 이후 한 번도 찾아뵙진 못했지만 정말로 감사드립니다. 요즘에는 산에 자주 가서 좋은 공기를 마시고, 걷기와 더불어 휘트니스 센터에서 최소 5~10km까지 뜁니다. 물론 근육 운동도 병행하되 무리하지는 않습니다. 우리는 건강을 잃고 나서 그 소중함을 더욱 알게 됩니다. 아무리 돈과 시간이 많아도 건강하지 못하면 무용지물입니다. 이제부터라도 식습관과 생활습관을 꾸준히 바르게 하여 100세 시대에 동참해야겠습니다. 일과 생활에 있어서 너무 스트레스를 받지 않는 것도 매우 중요합니다.

　인생을 바꾸는 공부머리, 일머리, 돈머리

건강해지는
아침 루틴

아침에 일어나서 간단한 스트레칭과 함께 건강한 야채 주스로 하루를 시작해 보세요.

처음엔 귀찮다고 느껴질 수 있겠지만, 루틴을 만들면 아침이 기다려지고 자연스러워집니다. 셀러리나 케일을 중심으로 제철 과일을 함께 넣습니다. 사과나 토마토를 포함하거나 바나나와 비트를 넣으면 맛도 좋고 건강한 주스가 완성됩니다. 물도 200~300ml 정도 넣으면 잘 믹스되고 마시기가 훨씬 용이합니다. 사랑하는 아내를 위해, 아침에 건강한 채소들과 과일을 갈아 만들어 주는 기쁨을 즐기면 하루가 행복해집니다. 서로의 건강을 챙겨주기 위해 조금씩 노력하면 함께 만족감이 올라갑니다. 건강식으로 식단을 챙기고 요리하는 상상만으로 이미 우리 마음속의 좋은 세포들이 안 좋은 세포들을 자연스레 억제합니다. 함께 요리하지 않더라도 사랑하는 이를 위해 무언가를 만든다는 것만으로 이미 행복을 얻을 수 있습니다.

가끔은 자연이 좋은 곳에서 자전거를 타보세요.

걷기와 뛰는 것과는 다른 기분을 느낄 수 있습니다. 이왕이면 아침 공기를 마시면서 호수공원이나 주위의 경치를 느끼면서 타는 자전거는 새로운 하루를 여는 행복한 시작입니다.

겉으로는 깨끗해 보여도 불순물을 제거하기 위한 효과적인 방법들이 있습니다.

과일과 야채를 씻을 때 물로만 씻는 것보다는 베이킹 소다를 이용하면 더욱 깨끗하게 씻을 수가 있습니다. 특히 포도와 같은 과일은 잠길 만한 그릇에 베이킹 소다를 넣고 20분간만 기다리면, 눈에 보이지 않았던 것들을 걸러 내주는 역할을 합니다. 보이지는 않지만, 속이 지저분하면 시간이 지난 뒤 언젠가는 드러나게 되어 있습니다.

가끔은 원두를 직접 갈아 드립 커피를 내리는 여유가 필요합니다.

바쁜 일상에서 카페의 테이크아웃 아이스 아메리카노를 들고 다니는 것도 좋지만, 커피 향을 온전히 느끼며 천천히 내려 마시는 그 시간은 그 자체로 힐링이 됩니다. 직접 내린 커피는 맛도 한결 깊고, 그 과정을 함께 나누는 사람이 있다면 그 시간은 더욱 따뜻하고 풍요로워집니다.

  인생을 바꾸는 공부머리, 일머리, 돈머리

'어떻게 사느냐'가
중요한 세상

돈 때문에 행복을 포기하지 마세요.

자본주의 사회에서 가끔은 물질의 대가가 필요하더라도, 너무 아끼려 들지 말고 어느 정도의 비용을 지급하여 더 큰 행복을 얻는 것이 중요합니다. 돈보다 더 소중한 건 함께 느끼는 행복한 시간입니다.

아무리 좋은 것을 먹고 좋은 것을 경험하고 힐링하더라도, 충분한 수면을 하지 못하면 피곤해집니다. 이왕이면 좋은 공기가 있는 곳에서 세상의 모든 걱정을 내려놓고 마음껏 힐링해 보시기 바랍니다. 반면에 과도한 수면시간은 일상을 해칩니다. 잠자는 시간은 잘수록 늘기 때문에 적정하고 충분한 수면시간을 유지하는 것이 건강의 첫걸음입니다.

우리 몸의 장과 뇌는 생각보다 훨씬 긴밀하게 연결되어 있습니다.

이 관계를 'Gut - Brain Axis^(장 - 뇌 축)'라고 부르는데, 장은 흔히 제2의 뇌라 불릴 만큼 뇌와 끊임없이 신호를 주고받습니다. 뇌는 우리가 무엇을 먹고 어떻게 소화하는지, 장이 어떤 상태에 놓여 있는지를 늘 귀 기울여 듣고 있다는 의미입니다. 건강을 이야기할 때 우리는 종종 좋은 음식, 원활한 소화, 질 높은 수면을 먼저 떠올리게 됩니다. 물론 모두 중요합니다. 하지만 그보다 한 걸음 더 안쪽에는 '마이크로바이옴'이라 불리는 장내 환경이 있습니다. 배변 활동은 건강의 지표이자 결과일 뿐, 진짜 시작점은 장 안에 유익한 환경을 만들어 주는 일입니다. 유산균이라 불리는 프로바이오틱스, 그리고 그들의 먹이가 되는 프리바이오틱스를 함께 섭취하고, 발효음식을 중심으로 식탁을 꾸리는 일은 장을 돌보는 가장 기본적인 실천입니다. 그렇게 장이 편안해질 때, 몸과 마음도 자연스럽게 균형을 찾아가게 됩니다.

'식사법이 잘못되었다면 약이 소용없고, 식사법이 옳다면 약이 필요 없다.'라는 고대 속담이 있습니다. 우리나라에도 '약식동원' 또는 '식약동원'이라는 의미로 음식과 약은 본질적으로 근원이 같다는 동양 의서에 나타나는 개념입니다. '얼마나 사느냐보다 어떻게 사느냐'가 중요한 세상입니다. 우리 몸의 면역세포는 암세포를 이겨냅니다. 제철 건강한 식재료를 중심으로 준비한 음식을 천천히 음미하며, 소식하는 습관이 중요합니다.

계절이 바뀌는 환절기에는 감기 환자가 늘어납니다. 아프기 전에 병원을 가는 일은 거의 없습니다. 1~2년에 하는 건강검진도 너무 대충대충 합니다. 건강검진을 정기적으로 받으면서 건강 관리를 하는 것은 매우 중요합니다. 몸과 마음이 아프기 전에, 아프다는 신호를 보이기 전에, 미리미리 잘 챙겨야 합니다. 회사마다 약간 방법이나 깊이의 차이는 있지만, 직원들 대상 의무적으로 시행하는 건강검진을 잘 활용하고 나라에서 시행하는 건강검진도 잘 활용해야 합니다. 건강할 때 주기적인 종합건강검진을 통한 관리도 중요하지만, 노화가 시작되는 시점에서 더 늦기 전에 신체별 주요 전문의를 정기적으로 찾아가는 것도 예방 측면에서 많은 도움이 됩니다. 치과는 매년 스케일링하면서 검진하고, 안과도 최소 2년에 한 번 정도는 예방 측면에서 가는 것이 좋습니다. 물론 위나 대장 내시경도 반드시 정기적으로 해야 합니다. 저는 허리 수술을 한 경험이 있어 허리 코어 근육 강화 운동을 하면서 정기적으로 신경외과나 정형외과에서 엑스레이도 찍어 봅니다. 그 외에도 피부질환이나 이비인후과 등 본인이 신체적으로 취약한 분야는 아프기 전에, 미리미리 의사 선생님과 만나보는 것을 추천해 드립니다. 시간은 돈으로 살 수 없기에 귀하고, 그 시간을 지탱해 주는 건강은 무엇과도 바꿀 수 없을 만큼 더 소중합니다.

 나이가 듦에 따라 건강을 챙기려다 보면, 어느새 아침에 먹는 건강보조식품이 늘어납니다. 유산균과 비타민C는 기본이고, 칼슘이나 관절에 좋은 건강보조식품들과 기타 각 요소에 좋은 성분들을 챙기다 보면, 어느새 대여섯 가지는 훌쩍 넘기게 됩니다. 미리 예방하는 측면에서 식품과 병용하여 챙겨 먹는 습관은 나쁘지 않습니다만 너무 과용은 하지 말아야 합니다. 그중 2가지만 챙겨야 한다면, 유산균과 비타민C는 필수입니다. 식습관만큼이나 더 중요한 것이 배변 습관이고, 우리 몸의 기본적인 신진대사를 위한 올바른 장 환경 조성이 중요하기 때문입니다. 또한 비타민C는 6시간 작용 후 우리 몸에서 배출되고 부작용이 없으므로 최소 6시간 간격으로 섭취해도 무방합니다.

인생을 행복하게
만드는 습관

독서는 습관입니다.

시간을 내어 일부러 독서하는 습관을 들이면, 자연스레 책을 찾게 됩니다. 인문학이나 자기 계발서나 관심 있는 분야의 책을 다양하게 읽으면 '멋'이 생겨납니다. 누군가에게 보여주기 위함이 아닌, 스스로 멋에 취하고 자신감이 생깁니다.

'빨리빨리'보다는 '미리미리'를 실천하면, 언제나 일상의 여유가 생깁니다.

시간의 소중함과 계획적인 생각으로 대처하는 습관은, 당황스러운 상황을 만들지 않게 도와주고 그런 상황에서의 대처 능력도 키워줍니다.

기록은 기억보다 위대합니다.

항상 메모하는 습관을 지니고, 잊기 전에 기록하면 매사에 꼼꼼하게 대응할 수 있습니다. 모바일을 활용해 나와 항상 대화하고, 기록하는 것이 몸에 배도록 하면 일상이 더 풍요로워집니다.

저녁 식사 후 가벼운 산책은, 하루를 마무리하고 내일을 준비하는 좋은 활동입니다.

혼자 하는 산책은 생각을 정리할 수 있고, 사랑하는 이와 함께하는 산책은 관계를 돈독하게 합니다. 함께 걸으면서 서로의 관심사를 공유하고 대화하면 더 진솔한 마음을 표현할 수 있습니다. 저녁 산책을 하면 원활한 수면에도 도움을 줍니다.

자녀들을 키우다 보면, 특히 중학생이나 고등학생의 남자아이들은 대체로 먹성이 대단합니다. 냉장고에 항상 조리할 또는 조리된 음식이 준비되어야 하고, 방학 때만 되면 학교 급식이 없으므로 가계의 식비는 더 늘어납니다. 온라인이나 오프라인으로 장을 자주 본다고 하더라도 어느새 바닥이 나고 냉동실은 냉동 제품으로 꽉 차게 됩니다. 그런 상황에서도 배달 음식을 주문하거나, 계속해서 냉장고를 채우게 됩니다. 냉장고를 주기적으로 관리하는 습관이 중요합니다. 최소한 3~4개월에 한 번 정도는 청소해 주면, 위생적으로도 좋고 불필요한 식비를 낭비하지 않을 수도 있습니다. 버리지 못하는 마음에 쌓아놓은 양념장들과 한동안 방치된 음식들은 과감히 정리하고, 냉동실 음식

 인생을 바꾸는 공부머리, 일머리, 돈머리

들도 냉장고로 옮겨서 한동안은 집에서 〈냉장고를 부탁해〉를
촬영해야겠습니다.

한 번에 말고
조금씩 덜어내야

누구나 실수는 할 수 있습니다.

학교나 회사에서 실수를 용납하지 않는 분위기는 성장을 저해합니다. 실수가 있었더라도 감정적으로 질책하기보다, 같은 일이 반복되지 않도록 옆에서 격려해 주어야 행동이 바뀌고 스스로 성장할 수 있습니다.

자기 자신을 사랑해야 하고, 우리의 보물인 자식들도 그렇게 키워야 합니다.

타인을 배려하는 일은 아름답지만, 자신보다 남을 우선시하며 지나치게 헌신하다 보면 어느 순간 마음이 지치고 피폐해질 수 있습니다. 스스로 지치지 않도록 돌보아야만 몸과 마음의 균형이 유지되고, 그때 비로소 진정한 배려가 자연스럽게 흘러나옵니다.

아프기 전에, 그리고 지치기 전에 말해야 합니다.

이미 힘들고 지친 뒤에는 너무 늦습니다. 어려움이 쌓일 때 한꺼번에 없애려 하기보다, 조금씩 덜어내는 습관이 필요합니다. 가족이나 친구처럼 내 이야기에 귀 기울여 주는 사람이 있다면, 주저하지 말고 마음을 털어놓고 도움을 요청하세요.

'작심삼일'은 누구에게나 피할 수 없는 일입니다.

하지만 오히려 삼일마다 새로운 계획을 세우는 편이 더 현명합니다. 작지만 새로운 목표들이 행동으로 이어지면, 우리는 매일 조금씩 성장하게 됩니다. 오늘보다 나은 내일을 위해서는 오늘 하루를 가볍게 여기지 않는 태도가 중요합니다. 하루를 정신없이 흘려보내기보다, 계획적으로 보람 있고 여유롭게 보내는 생활 패턴을 만들어 가야 합니다. 긍정적인 에너지로 미래를 그리며, 조금은 구체적인 계획을 세우는 습관은 스스로 자존감을 높이는 힘이 되어 줍니다.

반성보다는
자신에게 스스로 칭찬을

　어릴 때부터 우리는 '스스로를 반성하라'는 말을 자주 들으며 자랐습니다. 하지만 이제는 반성과 성찰보다는, 자신을 칭찬하라는 이야기를 하고 싶습니다. 하루를 마무리하며 일기를 쓸 때, 후회보다는 잘한 일들을 떠올려 보세요. 굳이 글로 남기지 않아도 괜찮습니다. 잠들기 전에 오늘 하루 동안의 작은 행복이나 뿌듯한 순간을 떠올리는 것만으로도 자존감과 자신감이 높아지고, 내일을 더 나은 방향으로 이끌 수 있습니다.

　어렸을 때부터 예·체능 분야에서 두각을 나타낸 어린 선수들 가운데는, 결국 국가대표가 되어 세계 무대에서도 뛰어난 성과를 거두는 이들이 있습니다. 하지만 어떤 종목이든 프로선수가 되는 일은 쉽지 않고, 그중에서도 국가대표로 선발되는 과정은 말 그대로 바늘구멍을 통과하는 일 입이다. 과거 한 국가대표 축구 선수가 했던 말이 떠오릅니다. 국가대표가 되고 난 뒤

　인생을 바꾸는 공부머리, 일머리, 돈머리

가장 중요한 것은 다름 아닌 '멘탈케어(Mental Care)'라는 이야기였습니다. 이미 국가대표가 될 만큼의 실력을 갖춘 선수들 사이에서는 기량의 차이가 크지 않습니다. 결국 그라운드 위에서 보이는 플레이보다, 그 이면에서 스스로 마음을 어떻게 다스리느냐가 국가대표로서의 자리를 지켜낼 수 있는지를 결정한다는 것입니다. 이 이야기는 비단 예·체능 분야에만 국한되지 않습니다. 경쟁과 선택의 순간을 반복하며 살아가는 우리 모두의 삶에서도, 멘탈 관리는 성과와 지속성을 좌우하는 중요한 요소가 됩니다.

성공했을 때의 자만심을 조심해야 할 뿐 아니라, 실패했을 때의 좌절감으로부터의 회복 탄력성은 인생의 경험이 쌓이지 않아도 스스로 성장할 수 있는 밑거름입니다. 위험과 기회의 준말인 '위기'는 언제든지 닥칠 수 있지만, 준비된 자만이 위기를 극복하고 성장할 수 있습니다.

내일을 위한
오늘을 소중하게

과한 욕심은 부메랑으로 돌아옵니다.

중용을 지키는 것은 쉽지 않지만, 항상 노력하고자 하는 마음가짐이 중요합니다. 욕심은 또 다른 욕심을 낳고, 결국에는 화로 되돌아올 수 있기 때문입니다.

하늘을 우러러 한 점 부끄럼 없이 사는 건 쉽지 않겠습니다만, 나이가 들면서 더욱 그렇게 살아야겠다는 생각이 듭니다. 저의 조상이기도 한 임경업 장군의 사당인 충렬사 서원 앞에는 배롱나무가 서 있습니다. 배롱나무는 껍데기가 없어 줄기가 만질만질합니다. 가식이 없다는 것입니다. 겉치레 없이 알몸으로 서 있는 배롱나무처럼, 학자들 역시 '가식 없이 순수한 본질 그대로 떳떳하게, 그리 살겠다.'라는 뜻입니다.

남에게 보여주기보다는 자신의 만족이 더 중요합니다.

맛있는 것을 먹고 행복한 경험을 기록하는 이유는 추억을 기억하기 위한 목적입니다. 과시가 아닌 스스로 행복한 감정이 더욱 중요합니다.

모든 일에는 시작과 끝이 있습니다.

시작을 잘하는 것과 과정도 중요하지만, 끝맺음 또한 매우 중요합니다. 결과를 떠나서 또 다른 시작을 위한 준비 과정이기 때문입니다. 끝맺음은 얽힌 실타래를 풀 듯 오해와 잡음이 없어야 합니다. 평판과 명성은 항상 같이 다니기 때문에 안 좋은 결과는 새로운 시작을 방해합니다.

자연으로
돌아가고 싶은 욕망

　캠핑을 좋아하는 이유는 도시를 떠나 자연으로 돌아가고 싶은 본능적인 욕구 때문입니다.

　우리는 편리함을 좇아 도시로 향하지만, 결국 자연이 주는 평온함과 초록의 에너지를 통해 다시 활력을 얻습니다. 그렇게 충전된 마음으로 도시에 돌아오더라도, 자연의 소중함만큼은 절대 잊지 말아야 합니다.

　보이는 단편적인 사실보다, 전체적인 스토리를 알고 의미를 이해하는 것이 중요합니다.

　매미는 성충이 되어 4~6주 살다가 죽습니다. 하지만 성충이 되기 전까지 알에서 부화한 약충 상태로 약 5년간을 나무 밑에서 삽니다. 우리가 듣는 매미의 울음소리는 수컷이 죽기 전에 암컷을 유인하기 위한 것이라고 합니다. 이러한 매미의 독특한 한살이와 울음소리를 이해할 때 비로소 그 의미를 깊이 되새길

　　　　　　　인생을 바꾸는 공부머리, 일머리, 돈머리

수 있습니다.

 여름이 되면 낮에도 밤에도 모기와의 전쟁이 멈추지 않습니다.
 산은 눈이나 비가 내릴 때를 제외하면 사계절 언제 가도 좋지만, 여름철만큼은 모기 때문에 조금 불편합니다. 땀 냄새를 좇아 끈질기게 따라다니는 모기들 덕분에 산행의 즐거움이 반감될 때가 있고, 집에 돌아와 여기저기 물린 자국을 보면 다시 산에 가기가 망설여지기도 합니다. 더군다나 어디서 들어왔는지 모기가 집 안에서 날아다니면 마음이 불안해집니다. 밤에 모깃소리를 들으며 잠들기는 쉽지 않고, 아침에 물린 자국을 발견하면 괜히 피곤해집니다. 특히 아이가 있는 집이라면 모기장을 준비하지 않고는 여름밤을 버티기 어려울 겁니다. 나는 괜찮더라도, 아이들만큼은 모기로부터 지켜주고 싶은 것이 부모의 마음입니다. 아마 자식들이 다 자라 세상으로 나가야 그제야 부모님을 돌볼 여유가 생기겠지만, 그 마음의 본질은 언제나 같을 것입니다.

주부 100단
살림남의 비결

코로나19 이후 쿠팡을 비롯해 온라인 주문이 편해지고 일상화되었지만, 가끔은 오프라인 매장에서 장을 보면 시장에서의 쇼핑 자체가 즐겁습니다. 이마트나 롯데마트와 같은 대기업의 대형 할인점이나 체인 슈퍼가 아닌 동네의 대형 슈퍼마켓에서 품질과 가성비 좋은 농·축·수산물을 접할 때가 있습니다. 농협의 하나로마트는 축산물이 좋고, 대형 식자재마트는 산지와의 직거래로 각종 채소나 농산물들의 품질이 좋습니다. 새벽 배송이 편하기도 하지만 매장에서 시식도 하고 사람 구경도 하면서 시장 분위기를 느끼기에는 오프라인이 더 좋은 것 같습니다. 물론 재래시장이 집 근처라면 더할 나위 없이 좋겠지요.

요즘은 맞벌이가 늘어나 남편들도 살림에 적극 참여합니다. 단순히 집안일을 도와주는 차원이 아닌, 요리와 육아도 남편들이 잘하는 경우는 아내보다 더 많이 시간을 할애하는 것 같습니다. 쉽게 배울 수 있는 유튜브의 역할도 큰 것 같습니다. 골프 같은 운동에서 '공을 다룬 경력'을 뜻하는 '구력'이 실력에 많은 영향을 미치는 만큼, 살림도 그 노하우나 경험은 따라잡기 힘든 것 같습니다. 초보 남편 살림꾼들은 장모님이나 어머니가 가끔 다녀가시면 놀라기도 합니다. 단순한 살림이 아니라 오랫동안 구력들이 삶의 지혜로 나타나기 마련입니다. 회사에서의 실력 있는 신입사원이 경력직을 초반에 따라잡기 힘든 이유와 똑같습니다. 특히 AI의 발전으로 단순 업무가 줄어들게 되면, 신입사원들은 취업 문이 더 힘들어질 듯하여 더욱 걱정됩니다.

자녀를 키우는 가정의 아침은 언제나 분주합니다. 유치원생부터 초등학생, 중·고등학생까지 깨우고, 밥 먹이고, 학교에 보내는 일상이 그야말로 시간과의 싸움입니다. 어릴 때부터 시간을 스스로 관리하는 능력을 길러주는 것은 매우 중요합니다. 스스로 일어나 아침을 먹고 등교 준비를 하는 습관은 자립심을 키우는 출발점이 됩니다. 이런 습관을 지닌 아이들은 성인이 되어서도 계획적으로 행동하며 시간을 효율적으로 다룹니다. 다만 너무 시간에 매여 움직이다 보면 일상에서 조급함이 생길 수 있으므로 주의해야 합니다. 이런 면은 흔히 말하는 MBTI의 J형, P형 성향과 비슷해 보이지만, 실제로 '시간 관리 능력'은 단순한 성격 유형을 넘어서는 삶의 태도에 더 가깝습니다.

경험이 쌓이면
얻게 되는 지혜로움

한때 많이 유행했던 MBTI 이야기를 잠시 해 보겠습니다.

제 MBTI 성향은 ENFJ입니다. 와이프는 가끔 저에게 공감 능력이 T라고 하지만, 검사를 해 보면 F 성향이 더 있긴 한 것 같습니다. 주위 의견을 들어보면 MBTI 성향 또한 개인의 경험치와 환경 및 나이 듦에 따라 조금씩은 변하는 것 같습니다. 뚜렷한 성향을 보이다가도 중립적으로 비중이 이동되기도 하고, 아예 바뀔 수도 있다고 느껴집니다. 좋고 나쁨보다는 성격이나 성향의 인식 정도로 이해하면 될 것 같습니다. 때로는 본인의 성향과 적합한 여러 가지의 타입들을 찾아보기도 하고 특별한 성향에 적합한 무언가가 있을 수 있습니다. 가령, 상상력을 요구하는 어떤 직무에는 S 타입보다는 N 타입이 적절하다고 생각하기도 합니다. 부모의 DNA를 가지고 태어나기 때문에 선천적으로 닮는 경향도 있겠지만 후천적으로 충분히 바뀌기도 할 것 같습니다.

 인생을 바꾸는 공부머리, 일머리, 돈머리

저와 와이프는 모두 P보다는 J 성향이 강한 편인데, 두 자녀 중 1명은 J이고 1명은 P 성향이 강한 편입니다. 저는 사회생활을 하면서 40대까지는 J 성향이 강해서 계획적으로 일이 안 되거나 틀어지면 조급해하기도 했습니다. 온 가족이 여행을 가기 전에는 숙소 외에도 여행의 전반적인 일정을 제가 타이트하게 계획하는 편이었습니다. 하지만 세월이 흐르고 많은 일들을 겪고 나서부터는 조금씩 J 성향이 바뀌어 가는 걸 느낄 수 있습니다. 아직도 어느 정도는 계획적인 삶을 산다고 할 수 있지만, 과거 혈기가 왕성했을 때보다는 조금 약해졌고 그러고 나니 마음도 매우 편해진 것을 느낄 수 있습니다. 와이프도 저와 비슷한 것 같습니다. 둘이 근교에 바람이라도 쐬러 가면 이제는 근처 맛집 검색을 안 하고, 지나가다 분위기 좋은 곳 있으면 들르기도 합니다. 세월이 흘러 우리 몸의 모든 장기는 노화되지만, 경험치에 의해 몸과 마음이 무장되어 노련해지고 통찰력과 여유가 생기는 장점도 있는 건 분명합니다. 총명함은 사라지지만 직관력과 지혜로움이 현재를 만족시키는 이유입니다.

미니멀라이프 트렌드,
옷 정리

날씨가 갑자기 변해 계절이 급격히 바뀌면, 미처 준비하지 못한 옷부터 서둘러 꺼내게 됩니다. 옷이 그리 많은 편도 아니고, 집이 좁은 것도 아닌데도 계절이 바뀔 때마다 옷 정리에 꽤 많은 시간을 들이게 됩니다. 사계절이 분명한 우리나라에서는 어쩔 수 없는 일입니다. 봄과 가을은 짧게 스쳐 지나가지만, 여름옷을 넣고 두꺼운 외투와 겨울옷을 꺼냈다가 다시 그 반대로 바꾸는 일이 매년 반복됩니다. 아이들이 자라는 집이라면 새 옷을 사야 하고, 작아진 옷을 정리해야 하니 그야말로 정신이 없습니다. 게다가 의류비 부담도 만만치 않아 새로 사는 대신 중고 거래 사이트나 플리마켓에서 '득템' 하는 경우도 많아지면서, 옷은 점점 늘어만 갑니다. 옷방이 따로 있지 않은 이상, 이런 풍경은 대부분의 가정이 겪는 비슷한 일상일 것입니다.

지난해 한 번도 입지 않은 옷은 과감히 의류 수거함으로 직행

　　　　인생을 바꾸는 공부머리, 일머리, 돈머리

해야 하는데, 심리적으로 버리는 건 아깝다는 생각이 많이 듭니다. 최근 미니멀라이프 트렌드가 확산하고 있는데, 적극 찬성입니다. 의류부터 모든 불필요한 것들을 줄여 나가고 꼭 필요한 것들만 남깁니다. 비워 내는 습관이 결국에는 자유로워지고, 오히려 마음이 정리가 됩니다. 물질보다는 경험에 집중하고 더 중요한 것에 투자하면, 결국 마음을 편하게 하고 행복으로 돌아오게 됩니다. 이 글을 쓰고 있는 순간, 대학생 딸이 홍대에서 옷을 구매했다고 만족하며 귀가했습니다. 미니멀라이프는 일단 소유욕을 채운 뒤, 불편함을 느낀 다음 실행해야 할지도 모르겠습니다.

한 달 전부터
크리스마스트리 장식을

해마다 11월 말이 되면 크리스마스를 맞이할 준비를 하느라 분주합니다.

12월이 되어 거리에서 캐럴이 나오거나 카페나 백화점 앞에 대형 트리나 영상 콘텐츠만으로도 연말 분위기가 물씬 풍깁니다. 90년대 카세트테이프 시절에는 거리에서 캐럴이 정말 많이 들렸었는데, 2000년대 들어서 시들해지더니 최근에는 많이 사라진 느낌이 아쉽기만 합니다. 저희는 보통 크리스마스 한 달 전부터 1월 초까지 집에 크리스마스트리 장식을 해 놓습니다. 조명도 켜서 밤이 되면 더 분위기가 좋습니다. 로또를 월요일에 일찍 사 놓으면 토요일 추첨하기 전까지 당첨 기대감에 행복해지거나 여행 당일보다도 여행 계획을 세울 때부터 여행이 시작된 것처럼, 크리스마스트리를 꺼내 놓고 장식하면 이미 마음은 한 달 전부터 크리스마스 시작입니다.

그런 기분을 내고 싶고 기분이 좋아지는 이유도 있지만, 가장 늦게 귀가하는 둘째 녀석인 고등학생 아들이 공부하다 집에 들어왔을 때 집 안이 어두운 것보다는 크리스마스트리라도 반겨주면 기분이 더 좋겠다는 생각이 들어 올해는 더 빨리 꺼내놨습니다. 올 크리스마스에는 뭔가 특별한 선물을 받고도 싶고 주고도 싶은 마음이 많이 드는 12월의 첫날 밤입니다. 메리 크리스마스.

진정한 행복과
나의 소확행

'사랑이나 선물은 주는 사람이 더 행복할까요, 아니면 받는 사람이 더 행복할까요?'

이 질문은 누구에게, 어떤 상황에서 묻느냐에 따라 답이 달라질지도 모르겠습니다. 받는 것에 익숙한 사람은 받는 순간의 기쁨을 더 크게 느낄 것이고, 평소에 많이 베풀어 온 사람은 주는 쪽이 더 행복하다고 말할지도 모릅니다. 다만 주는 입장에서 어떤 대가를 기대하게 되면, 언젠가는 그 마음도 시들해지고 서운함이 남지 않을까 싶습니다. 형편이 좋아서 베푼다기보다, 베푸는 행위 자체가 기분을 좋게 만들기 때문에 주는 것이 아닐까요? 그렇기에 받는 것에 익숙해진 나머지, 주는 일에는 인색해지지 않았으면 하는 마음도 듭니다. 어쩌면 가장 행복한 사람은, 줄 사람이 곁에 있어 감사함을 느낄 수 있는 사람일지도 모르겠습니다. 결국 진짜 행복은 상황이 아니라, 마음의 상태에서 비롯되는 것입니다. 올겨울은 유난히도 춥게 느껴집니다. 문득

　　　　　　인생을 바꾸는 공부머리, 일머리, 돈머리

고마웠던 지인들의 얼굴이 떠올라, 작은 선물이라도 준비해 볼까 합니다. 카카오톡 선물하기 덕분에 마음을 전하는 일이 한결 편해진 세상입니다.

사람마다 각자 소확행이 있습니다. 저의 소확행 중 하나는 사우나를 하는 것입니다. 집 근처의 대중목욕탕 내 있는 사우나를 주로 이용하고 가끔은 노천탕이 있는 온천탕을 찾아가기도 합니다. 간단한 샤워를 한 뒤 온탕에 처음 몸을 맡겼을 때, 온몸으로 느껴지는 이완되는 첫 느낌을 좋아합니다. 한증막에서 땀을 내고 냉탕을 오가면 정신도 맑아지는 기분입니다. 사우나 안에서는 혼자 사색하면서 산책하는 시간과 비슷합니다. 땀을 내면서 고민거리나 생각을 정리하는 시간을 갖게 되고, 뭔가 해결의 실마리를 풀게 되면 마음도 행복해집니다. 무엇이든 과하면 해롭습니다. 사우나도 너무 자주 이용하거나 오랜 시간을 소요하지는 않습니다. 한번은 잔잔한 음악이 흘러나오고 인적이 드문 노천탕에서 혼자 있었던 적이 있는데 세상을 다 가진 평온함이 들었습니다. 국내에도 수영복을 입고 가족들끼리 함께 야외에서 온천욕을 즐길 수 있는 곳들도 많이 있습니다. '머리는 차갑게 발은 따뜻하게' 하는 것이 건강에 좋다고 하여 집에서도 족욕을 즐기는 분들도 많습니다. 하루의 일과를 따뜻한 차 한 잔과 족욕으로 마무리하면, 힘들고 어쩌면 당연하게 지나쳤던 하루가 "오늘도 고생했다."라고 말을 건네는 것만 같습니다.

첫눈의 설렘과
폭설에 의한 교통대란

어렸을 때는 전 세계의 모든 나라가 우리와 같이 사계절이 뚜렷하다고 생각했습니다. 겨울에 눈이 내리지 않는 나라는 없다고 믿었는데, 실제로는 아프리카 외에도 동남아시아나 여러 국가는 1년 동안 눈 구경을 할 수 없습니다. 온 세상을 하얗게 변신시키는 흰 눈은 동심의 세계에서는 가장 판타지와 같은 존재입니다. 겨울왕국을 연상시키는 이런 동심은 청소년이나 어른이 되어서도 좋은 추억과 좋은 감성으로 남기 마련입니다. 저는 외가댁인 충남 당진의 순성이라는 시골에서, 사촌들과 어릴 적 겨울 추억이 있습니다. 비료를 담았던 두꺼운 비닐 포대에 지푸라기를 넣고 언덕에서 내려오는 눈썰매의 경험을 아직도 잊을 수가 없습니다. 지금은 아이들이 있는 집마다 플라스틱 눈썰매가 비치되어 있어, 아파트 단지 내에서도 눈만 오면 어른들이 눈썰매를 끄는 풍경을 자주 볼 수 있습니다.

아이들은 눈이 오기만을 기다리고 마냥 좋기만 한데, 직장인

들이 퇴근길 내린 첫눈에 교통대란으로 버스에 갇힌 채 고립되
거나 눈길 사고로 어려움을 겪었다는 뉴스를 접하면 안타깝기
도 합니다. 첫눈에 대한 기대감과 설렘이 안 좋은 기억으로 트
라우마가 되지는 않을까 걱정입니다. 폭설에 대비하고 대응하
는 분들은 더욱더 고생이겠지만, 눈이 없다면 겨울의 낭만도 사
라지지 않을까 생각됩니다. 추운 겨울에 흰 눈은 춥더라도 잠시
웃게 만들고 마음을 따뜻하게 만드는 존재로서 모두에게 미움
받지 않기를 바랍니다. 눈이 많이 온다는 예보가 있으면, 재택
근무와 임시 휴교를 하면서 차라리 눈을 즐기는 축제의 분위기
로 전환하는 건 어떨까 싶습니다.

   인생을 바꾸는 공부머리, 일머리, 돈머리

마음이 아프기 전에
건강한 상태를 유지해야

　본격적으로 올겨울이 오기 전, 몸 관리에 좀 더 신경 쓰여 독감 예방 주사를 미리 맞았는데 갑자기 찾아온 목감기는 어쩔 수가 없는가 봅니다. 평상시 비타민도 자주 챙겨 먹고 나름 관리를 한다고 했는데, 어디서 옮은 건지 갑자기 면역력이 떨어져서 걸렸는지 원인을 알 수가 없습니다. 최근 러닝을 하고 땀이 난 상태에서 외부로 나왔을 때 걸린 게 아닐지 생각이 들기도 하고, 얼마 전 사람들이 많은 전시회장에 가면서 마스크를 쓰지 않았던 기억이 나서 후회되기도 합니다. 그래도 면역력이 강하면 이겨내는 힘이 있어서 병원균을 오랫동안 머무르지 않고 내보낼 수 있습니다. 일단 아프면 참지 말고 병원에 가야 합니다. 다행히 저는 몇 달 전 아내가 처방받은 목감기약이 있어 사흘간 약을 먹고 이겨냈습니다. 예전에는 병이 예사롭지 않다고 생각해서, 병원도 가지 않고 약도 안 먹고 참고 견디려 했습니다. 결국 병이 더 악화한 후에야 병원에 가는 악순환을 반복했습니다.

  바쁘다는 핑계로 참고 견디다 보면 오히려 몸이 더 망가집니다. 아프기 전에 미리 예방해야 하고, 몸 컨디션을 항상 잘 유지하는 것이 우선입니다. 조금이라도 아픈 증상이 있으면 병이 더 악화하기 전, 조기에 치료하고 처방하는 것이 중요합니다. 큰 병이건 작은 병이건 하루아침에 아픈 것은 없습니다. 조금씩 쌓이고 쌓여서 증상이 나타나기 때문에, 이미 아프기 시작했다는 건 우리 몸에서 보내는 신호를 사전에 감지 못한 상황입니다. 육체적으로 뿐만 아니라, 정신적으로도 마찬가지입니다. 내 마음이 아프기 전에 건강한 상태를 유지하고, 조금이라도 힘들 것 같으면 주변에 도움을 청해서 마음의 상처를 치료해야 합니다. 혼자 아파서 힘들어하지 말고, 주변에 손을 뻗으면 언제든지 그 손을 잡아주는 이는 곁에 있기 마련입니다.

꽃병의 꽃도
매일 물을 갈아주듯이

어머니가 꽃과 함께 작업하시는 플로리스트라서 예전부터 항상 주위에 꽃이 있었고, 본가에 갈 때면 매번 꽃을 주시곤 합니다. '서당 개 3년에 풍월을 읊는다.'라고 하듯이 아내나 딸도 꽃을 예쁘게 잘 꽂는 편입니다. 꽃병의 물을 갈아주는 역할은 제 담당입니다. 여름철에는 날도 덥고 해서 꽃이 빨리 시들기도 하는데 오히려 추운 겨울에는 꽃들이 더 건강합니다. 꽃병의 꽃도 매일 물을 갈아줘야 시들지 않고 싱싱하게 오래 갑니다. 꽃에 가끔 설탕을 몇 스푼 넣어 주면, 마치 포도당 수액을 맞는 것같이 영양분이 되어 더 싱싱해집니다. 우리 인생도 하루하루 힘들고 상처받을 수도 있지만, 매일매일 새로운 기운을 스스로 북돋아 주어야 지치지 않습니다. 어려운 환경에서도 꿋꿋하게 버티고 이겨내면 더 강한 자신을 만날 수 있습니다. 자기 전에 행복했던 기억을 떠올리고, 아침에 일어나서 새로운 희망의 다짐을 하는 것만으로도 꽃에 새로운 물을 주는 것과 같습니다.

소중한 오늘은 더 찬란한 내일을 만듭니다.

'오늘만 살고 죽자.'라는 생각보다는, 내일을 위한 오늘을 소중하게 사용해야 합니다. 오지 않을 미래에 대한 걱정보다는, 현실에 충실하고 도전하는 정신이 우리의 미래를 더 뜻깊게 만들 것입니다.

인생을 바꾸는 공부머리, 일머리, 돈머리

아낌없이 **사랑**하라

긍정의 힘은
무한대

긍정의 힘은 무한합니다.

우리가 믿는 대로 세상이 움직이지는 않지만, 신념은 그렇게
행동하게 만듭니다.

누군가를 사랑한다는 건 행복한 일이고,

상대방이 알아준다면 그 행복은 무한대가 됩니다.

물론 알아주지 않아도 충분히 스스로 행복하긴 합니다.

"나를 죽이지 않는 것은 나를 더욱 강하게 만든다."

니체의 명언인 이 말은 제가 가장 좋아하는 문구입니다.

희망을 잃지 말고 어떤 상황에서도 긍정의 힘으로 생각하고
행동하면, 모든 것은 극복하고 이겨낼 수 있습니다.

술자리와 여행, 그리고 골프처럼 오랜 시간이 필요한 경우는

특히 멤버가 중요합니다.

아무리 산해진미를 가져다 놓아도, 함께하고 싶지 않은 사람과의 시간은 고통스럽습니다. 맛있는 음식을 보면, 사랑하는 사람이나 자식이 생각나는 경우가 있습니다.

가족들을 위해 헌신하고 배려하는 어미의 마음은, 맛있는 것을 먹고 좋은 것을 보아도 오직 자식 걱정뿐입니다. 나를 사랑하는 마음과 나를 아끼는 마음이 더 중요합니다.

내가 건강해야 자식들도 돌볼 수 있고, 자식들도 부모 걱정을 덜게 됩니다.

 인생을 바꾸는 공부머리, 일머리, 돈머리

부모와 자식 간의
조건 없는 사랑

부모의 자식에 대한 사랑은 조건 없는 사랑이고, 특히 엄마가 자식을 생각하는 마음은 말로 설명할 수 없습니다. 자식들은 부모의 사랑을 헤아릴 수 없습니다.

더 늦기 전에 부모님께 사랑한다는 말을 자주 건네 보세요.

우리의 보물들, 자녀들에 대한 대가성 없는 사랑은 무한합니다.

많은 이야기를 들어주고, 아낌없는 사랑으로 믿어주면서 희망이 담긴 좋은 이야기를 해주세요.

자녀들의 행동이 달라지고 가족 간의 관계와 사랑이 더욱 돈독 해집니다.

사랑하는 자녀들을 위해 도시락을 준비하면 기분이 좋아집니다.

소화가 잘되는 음식으로 준비하되 과일 등 간식거리와 함께 간단한 메모를 적어 넣으면, 도시락을 여는 순간의 행복은 증폭

되고 준비한 사랑이 고스란히 전달됩니다.

　자식이 아플 때 부모의 마음은 더욱 아픕니다.
　부모가 걱정할 마음을 배려하여 아프다고 표현하지 않거나 내색하지 않아도, 부모는 마음으로 봅니다. 옆에서 보살펴 줄 때, 그 고마움을 표현하지 않아도 고맙게 느끼고 있다는 것 또한 부모는 알게 됩니다. 하지만 자식이 감사하다는 느낌을 표현하면, 부모의 아픈 마음 또한 눈 녹듯 사라집니다.

　우리의 보물, 자녀들은 부모가 이룬 가장 위대한 업적입니다.
　자녀들의 돈독한 우애는 부모에게 줄 수 있는 가장 큰 효도입니다. 부모를 거울삼아 스스로 생각하고 올바른 행동을 하게끔 이끌어 주는 것이 부모의 도리이자 몫입니다.

　우리의 보물들을 키우다 보면 부모가 실수할 때가 있습니다.
　대체로 둘째는 태어날 때부터 첫째를 보고 자라 눈치가 빠르고 잔정이 많지만, 둘째가 태어난 이후 첫째는 부모의 관심과 사랑을 빼앗겼다는 상실감에 책임감까지 떠안을 수 있습니다. 평등하게 사랑을 주더라도 첫째는 말 한마디로 속앓이할 수도 있습니다. 마음으로 안아주고 힘들어하지 않도록 평생 보살펴 주어야 합니다.

　　　　　　　　　인생을 바꾸는 공부머리, 일머리, 돈머리

미래의 희망을 품도록,
응원하는 부모

저는 어렸을 때 경기도 평택의 안중이라는 작은 마을의 연립 주택에서 살았습니다. 넓은 앞마당에는 강아지 두세 마리와 함께 각종 과수나무가 있었습니다. 포도, 사과, 복숭아, 앵두나무가 있었고, 딸기밭과 함께 집 밖에 있는 텃밭에도 각종 채소를 키웠습니다. 아마도 선천적인 것 외에 어렸을 때의 그런 시골 감성이 저에게는 많은 자산이 되어 온 것 같습니다. 지금 살고 있는 아파트 안에는 많은 화분이 있습니다. 수원의 두 번째 집에 입주할 때 구매했던 화분들부터 시작하여, 조금씩 늘어나서 이제는 거실을 비롯해 집안 곳곳에 16개 정도 있습니다. 저의 자녀들과 나이가 비슷하여 함께 한지 어느덧 20여 년이 다 되어 가는 것 같습니다. 몇 가지 이유로 집 안에서는 반려동물을 키우고 있지는 않습니다만, 반려 식물들과 함께 매일 살아 있음을 느낍니다. 꽃이 피고 새로운 싹이 나오면 즐겁고 행복해집니다.

관심은 사랑의 시작입니다. 식물도 마찬가지입니다. 얼마큼 애정을 쏟으면서, 물도 주고 햇볕을 받도록 가끔 위치도 바꿔주고 하는 행동들이 지속 성장하게 만듭니다. 우리의 보석 같은 자녀들에게도 많은 관심을 주되 조건이 없어야 합니다. 하지만 성장을 하면서 자식들에게 기대가 커지고 또 다른 욕심이 생기곤 합니다. 자녀들이 부모를 다른 친구의 부모들과 비교하지 않듯이, 부모도 '엄친아'와 같은 단어가 생기지 않도록 다른 친구의 자식들과 비교하지 말아야 합니다. 저도 이 부분이 실천하기가 쉽지는 않습니다만, 자녀들이 학업 스트레스에서 벗어나고 자신들이 펼칠 수 있는 미래의 희망을 품도록 응원하는 부모가 되어야겠습니다.

서로가 헌신할 때 영원한,
부부간의 사랑

부부간의 사랑은 연애와 다릅니다. 서로가 헌신할 때 그 사랑은 영원합니다.

사소해 보이더라도 서로에게 아픔을 주는 말과 행동은 삼가고 아끼고 사랑하세요.

서로가 조금은 떨어져 있을 때 사랑은 더욱 각별합니다.

보고 싶은 마음에 일단 설레고, 보게 되면 서로가 행복해집니다. 헤어질 때의 아쉬움은 잠시지만, 다음 만남을 기약하며 또 설렙니다. 표현하는 마음과 행동은 적극적일수록 좋습니다. 아끼지 말고 스킨십을 하면 서로의 교감이 증폭됩니다. 눈을 마주치고, 많은 대화를 하고, 손을 잡아주고, 마음으로 포근하게 안아주세요.

사랑하는 소중한 사람과 가끔은 도심을 벗어나 공기 좋은 곳으로 여행을 가면 또 다른 감정이 싹틉니다. 함께 좋은 공기를 마시면서 맛있는 음식을 먹고 힐링하는 자체만으로 새로운 생명력을 키우고 삶의 질을 높여줍니다.

부부간의 마사지는 서로의 건강을 챙겨주는 역할 외에도 더 큰 의미가 있습니다.

염려하고 배려해 주는 마음을 전달하는 매개체가 됩니다. 정이 쌓이고 서로의 행복감을 이끌어 주는 좋은 활동입니다. 사랑하는 이의 어깨나 발을 주물러 주세요. 건강을 위해 혼자 하는 림프 마사지는 독소와 노폐물 배출에 효과적입니다.

시간이 바람을 부르고
햇살을 불러

시행착오를 통해 더욱 성장하게 됩니다.

신제품의 마케팅 활동에 '안테나 샵'과 '고스트 쇼퍼(미스터리 쇼퍼)'라는 용어가 있습니다. 신제품의 반응을 살펴보는 행동인데, 우리의 삶 또한 시행착오를 통해 실패를 줄이면서 목표에 도달하는 여정이 중요합니다.

인생지사 새옹지마입니다.

잠시 먹구름이 끼어 아무것도 보이지 않는다 해도, 어느덧 구름이 걷히고 햇빛이 환히 비춰 올 것을 믿고 긍정의 힘으로 이겨내세요. 시간이 바람을 부르고 햇살을 불러 어느덧 새파란 하늘을 보여줄 것입니다.

결과에 대해 미리 예단하고 걱정할 필요는 없습니다.

걱정은 또 다른 걱정을 낳고 스트레스로 돌아옵니다. 다가올 미래에 대한 계획과 준비는 하되, 안 좋은 방향으로 낙심하지 말고 긍정 회로를 가지고 희망적인 내일을 준비하는 것이 좋습니다.

시련은 소나기와 같은 것입니다.

예측하지 못한 상황에 갑자기 왔다가 어느덧 사라집니다. 미처 우산을 준비 못 했더라도 잠시 피하면 됩니다. 그냥 견디려 하지 말고 소나기가 걷히고 무지개가 피어오를 때까지 긍정의 힘으로 기다리면, 어느새 새로운 햇살이 비추게 됩니다. 애써 싸우다 지치지 않았으면 합니다. 어떤 시련이든 지나가게 마련이고, 우리에겐 이겨내는 힘을 가지고 있습니다.

회복은 그 자체만으로 충분합니다.

쉴 때는 그냥 쉬어야 합니다. 몸과 마음이 피곤해지면, 우리 몸이 신호를 보냅니다. 조금 괜찮아지면 '쉬면서 뭐라도 더 해 보겠다.' 하는 마음이 생기고 다른 욕심을 갖게 되어 충분한 휴식이 되기 어렵습니다. 모든 것을 다 내려놓고 이 기회에 정말 재충전한다는 생각으로 여유 있는 삶을 다시 설계하시기를 바랍니다.

 인생을 바꾸는 공부머리, 일머리, 돈머리

가끔은 혼자만의 시간이 필요합니다.

책을 읽거나, 명상하거나, 산책하거나, 모든 잡념을 버리고 나를 위해 오롯이 투자하십시오. 가족과도 가끔 단절하는 시간이 필요합니다. 그동안 너무 많은 희생과 배려와 헌신으로 저 자신을 잃고 살았다면, 이제는 나를 위해 아낌없이 시간을 주고 사랑하시기를 바랍니다.

자동차 타이어도 시간이 지나면 마모되어 교체하고 신발도 헌 신이 되면 새것으로 바꿀 수 있지만, 우리 몸은 그렇지 않습니다. 노후는 막을 수 없지만 관리는 할 수 있습니다. 너무 많이 소모하지 말고 너무 빨리 닳아 없어지지 않도록, 우리 몸의 페달을 천천히 밟으시기를 바랍니다. 때론 중간중간 예방이 필요합니다.

'매도 먼저 맞는 게 낫다.'라는 옛말이 있습니다. 이는 문제를 회피하지 않고 정면으로 부딪치는 용기를 의미합니다. 이와 비슷하게, '젊었을 때 고생은 사서도 한다.'라는 말은, 실패나 실수를 포함한 다양한 경험을 일찍 겪어보는 것이 나중에 어려움에 직면했을 때 이를 극복하고 헤쳐 나가는 밑거름이 된다는 뜻입니다. 저 역시 스마트폰조차 없던 1994년, 대학 신입생 시절 길거리에서 어처구니없는 사기를 당한 경험이 있습니다. 그때 얼은 교훈 덕분에 이후 매사에 항상 조심스럽고 신중하게 행동하게 되었습니다. 문제를 회피하지 않고 풀어나가려는 의지와, 젊은 시절의 소중한 경험이 많다는 것은 무엇과도 바꿀 수 없는 큰 자산입니다. 다양한 아르바이트나 사업을 경험하면서 겪는 실패조차, 결국 성장과 배움을 위한 귀중한 자양분으로 돌아오는 법입니다.

표현할 때 더 빛이 나는,
사랑

서로의 안부를 묻는 것은 사랑의 시작입니다.

얼굴을 자주 보지 못하더라도, 관심과 애정의 표현을 전화 통화나 디지털 메시지를 활용하여 자주 하세요. 나의 안부를 걱정해 주는 이들이 많은 것은, 돈보다 더 값진 나의 자산입니다. 중요한 건 숫자가 아니라 깊이입니다.

모든 생명의 기원은 신비롭기만 합니다.

잠자리는 비행하면서 교미하는데, 그 모습이 공교롭게도 마치 하트 모양과 유사합니다. 우연의 일치이겠지만 어쨌든 사랑은 표현할 때 더 빛이 납니다.

힘들 때 연락이 없다가 잘 풀리면 연락이 오는 경우가 있습니다.

개인적인 성향에 따라 힘들 때 자주 연락이 오는 것을 꺼리는 이도 있고, 일부러 연락을 안 하는 사람도 있습니다. 중요한 건

마음입니다. 상대방이 힘든 상황에서 '힘내'라는 문자 한 줄이라
도 남겨주면, 큰 힘이 되고 오랫동안 그 마음이 기억에 남게 됩
니다.

가끔 연락하여 밥 한 끼 먹는 것만으로 서로에게 큰 위안이
됩니다.

주위에 힘든 상황에 부닥쳐 있는 이가 있다면, 주저 말고 먼
저 연락하여 밥 한번 먹자고 제안해 보세요. '밥 한 끼'를 통해
얼굴 보고 이야기를 들어주면, 그 고마운 감정과 시간은 평생
잊혀 지지 않을 것입니다.

어느 지위에 있거나 명예가 있을 때, 곁에 사람들이 많을 수
있습니다.

하지만 그러한 것들이 사라지고 나면 주위에 하나둘 사라지
곤 합니다. 지위나 명예에 상관없이 곁에 남아있는 사람이 우리
에게 진실하고 소중한 분들입니다.

착한 마음은 드러내지 않아도 드러나게 되어 있습니다.

누군가에게 선물을 받으면 빚지고는 못 사는 성격인 사람은
바로 즉시 보답하려고 합니다. 물론 이러한 행동이 나쁜 것만은
아닙니다만, 때로는 선물을 부담으로 여기지 마시고 있는 그대

로 받아 주시고 고맙다는 표현으로도 충분합니다. 나중에 다시 선물할 때가 반드시 찾아옵니다.

사람은 본래 사회적 동물이어서 외로움을 오래 견디기 어렵습니다.

카카오톡에 저장된 주변 네트워크의 생일이 보일 때, 특별히 신경 쓰지 않아도 가끔 눈에 들어옵니다. 그럴 때 갑자기 누군가에게 선물을 하고 싶다는 마음이 들면, 가벼운 선물을 전하며 안부를 묻는 것도 좋습니다. 특히 한 번 이상 선물을 주고받은 경험이 있다면, 더 관심과 마음이 자연스럽게 가기 마련입니다. 경제적인 부담이 없다면 매일매일 선물을 챙기고 싶겠지만, 꼭 그렇게 애쓸 필요는 없습니다. 오히려 아무런 조건이나 목적 없이, 가끔 생각날 때 우연히 전하는 선물과 안부만으로도 하루를 더 행복하게 만들 수 있습니다.

우리 같이 함께,
배려에 대한 감사

배려하는 마음은 저절로 우러나고, 스스로 만족감을 느끼며 지속되게 만드는 것 같습니다.

우리 주변에는 남들보다 하루를 일찍 시작하는 분들이 많습니다. 이른 아침 거리나 건물을 청소해 주시는 덕분에, 우리는 일상 속에서 늘 깨끗하고 상쾌한 기분을 느낄 수 있습니다. 아파트 단지 내 황톳길에 밤새 떨어진 낙엽을 정성스럽게 빗자루로 쓸고 계신 모습을 보고, 저는 이런 분들이야말로 진정한 천사라고 생각했습니다.

회사나 운동 경기에서처럼, 여러 사람이 모여 이루는 팀에서는 팀워크가 무엇보다 중요합니다.

스포츠 경기를 보면 팀이 연패에 빠지기도 하고, 반대로 연승을 이어가기도 합니다. 누구나 연패의 흐름은 빨리 끊고, 연승의 기세는 오래 유지하고 싶어 합니다. 그런데 연승하는 팀

  인생을 바꾸는 공부머리, 일머리, 돈머리

의 비결은 단순한 실력뿐만 아니라, 그 안에 형성된 분위기에
도 있습니다. 조별 과제를 하다 보면 '나만 유난히 바쁜 건 아닐
까, 누군가는 일을 안 하고 있는 건 아닐까.' 하는 생각이 들 때
도 있습니다. 하지만 서로를 믿고, 내가 먼저 한 발짝 나서다 보
면 팀 안에는 자연스럽게 좋은 분위기가 만들어집니다. 그런 분
위기 속에서 팀은 다시 한번 연승을 이어갈 힘을 얻게 됩니다.

'줄탁동시'라는 사자성어를 아시나요?

'졸탁동시'라고도 하는 이 말은 병아리가 알 속에서 껍데기를
깨고 나올 때, 암탉이 밖에서 동시에 쪼아 도와준다는 데서 유
래했습니다. 이처럼 '안팎의 노력이 동시에 이루어져야 일이 완
성된다.'라는 의미를 담고 있습니다. 세상을 살다 보면, 스승과
제자, 부모와 자녀가 서로 노력하고 지원을 보탤 때 변화와 성
취는 더욱 커집니다. 사회생활에서도 어떤 이는 인복을 믿고 스
스로 노력하는 반면, 누군가는 상사나 부하 직원 탓만 하기도
합니다. 서로를 배려하는 마음으로 함께 나아갈 때 서로의 성취
감은 배가되고, 그 과정에서 커리어 역시 단단히 쌓여갑니다.

아파트에 살다 보면 엘리베이터에도 일종의 '골든 타임'이 있
다는 걸 느끼게 됩니다.

출근 시간이 이르거나 가구 구성에 따라 차이는 있겠지만, 유

치원생부터 중·고등학생 자녀를 둔 가정이라면 공감할 이야기입니다. 학교가 아파트 근처에 있다는 전제하에, 60가구 규모의 30층 아파트에 엘리베이터가 한 대뿐이라면 아침 8시 20분부터 30분 사이, 약 10분이 가장 혼잡한 시간대가 됩니다. 유치원생을 통학 버스에 태우려는 부모와 초등·중·고등학생들이 이 시간을 놓치면 지각할 가능성이 커집니다. 특히 10층 이하에 사는 집들은 이 시간대 엘리베이터를 포기하고 계단을 이용하거나, 더 일찍 움직여야 하죠. 이처럼 가장 바쁜 시간대가 뻔히 정해져 있는데도, 매일 같은 타이밍에 엘리베이터를 이용하려는 모습은 어쩐지 아이러니하게 느껴집니다. 우리 인생도 크게 다르지 않습니다. 가장 치열한 시기를 무난히 넘기기 위해서는 남들보다 조금 먼저 움직여, 이른바 '비교 우위'를 선점할 필요가 있습니다. 이는 경쟁을 부추기기보다는, 더 높은 층을 차지하기 위해 미리 준비하는 노력에 가깝습니다. 어느 날 아침, 2층에서 꽉 찬 엘리베이터 문이 열리자 다친 학생이 목발을 짚고 기다리고 있었습니다. 모두가 바쁜 시간이었지만, 저는 주저 없이 내려 그 학생을 태웠습니다. 만약 7층이나 10층 이상에서였다 해도 같은 선택을 했을 겁니다. 그날 제 행동 가운데 가장 잘한 선택이었고, 그 뿌듯함 덕분에 하루를 한결 행복하게 보낼 수 있었습니다.

무릇, 관찰력이 좋은 사람이 연애도 잘하는 것 같습니다.

썸을 탈 때나 연애를 할 때는 관심 있는 사람이 뭘 좋아하는지, 일거수일투족을 잘 관찰합니다. 그만큼 사랑하는 사람에 대한 배려를 잘하기 때문입니다. 혹시 가족들이 가장 좋아하는 음식이 한 번에 떠오르시나요? 아버지나 어머니의 가장 좋아하는 음식은 무엇인지, 아내나 남편 혹은 우리 자식들이 가장 맛있게 먹는 음식은 무엇인지 떠올려 보세요. 연애할 때와 지금은 좋아하는 게 달라질 수도 있습니다. 혹시 가족끼리 외식할 때 본인이 먹고 싶은 메뉴 위주로 선택하지는 않으셨나요? 배달 음식이나 외식이 아닌, 사랑하는 사람이 좋아하는 음식을 직접 만들어 본다고 생각했을 때 바로 떠오르는 음식이 있으면 다행입니다. 더군다나 정성을 더하면 더할 나위 없겠지요. 나의 건강은 우선 내가 지켜야 하지만, 사랑하는 사람들이 뭘 좋아하는지는 계속 지켜보고 물어보는 관심이 필요합니다.

스타벅스 같은 대형 프랜차이즈 커피 전문점의 커피보다, 동네 카페에서 직접 분쇄한 원두를 사 와 집에서 핸드드립으로 내려 마시는 커피의 향과 맛을 더 좋아합니다. 아직 바리스타 자격증에까지 관심이 있는 건 아니지만, 어느 지역의 원두가 어떤 특징을 지니는지, 핸드드립 추출 시 적정한 물의 온도나 시간은 어느 정도가 좋은지 문득 궁금해질 때가 있습니다. 한때는 아이스 아메리카노를 즐겨 마셨지만, 요즘은 적당히 따뜻한 온도의 커피에서 올라오는 향을 온전히 느끼는 시간이 더 좋게 느껴집니다. 커피에 얼음을 넣어 희석해 마시는 문화는 이탈리아 사람들에게는 다소 이해하기 어려울 수 있지만, 우리나라에는 '얼죽아'라는 말이 있을 정도로 '아아'를 선호하는 문화가 자리 잡고 있습니다. 이런 모습은 동남아 여행을 갔을 때, 맥주가 담긴 컵에 얼음을 넣어 주는 것을 우리가 쉽게 이해하지 못하는 것과도 닮아 있습니다. 결국 커피든 음식이든, 각 나라와 개인의 취향은 서로 존중하면 되는 일입니다. 무엇보다 중요한 것은, 지금의 내가 가장 즐겁게 느끼는 방식으로 음미하는 것이고, 그 취향은 시간과 함께 또 달라질 수도 있습니다.

도토리거위벌레의
지고지순한 자식 사랑

도토리거위벌레의 자식 사랑 이야기는 신비롭기만 합니다.

여름철 산에 올라 산책하다 보면, 참나무 가지가 잘려 떨어진 것을 흔히 볼 수 있습니다. 도토리거위벌레는 한여름 도토리에 구멍을 뚫어 알을 낳습니다. 일주일 정도 지나면 알에서 깨어나 유충으로 부화해 도토리 과육을 먹고 생활하다가, 도토리 껍질을 뚫고 나와 땅속에서 흙집을 지어 겨울을 납니다. 이듬해 5월 하순께 성충이 된 도토리거위벌레는 참나무에 기어올라 다시 도토리를 뚫어 알을 낳고, 가지를 잘라 떨어뜨리면서 새로운 번식을 계속한다고 합니다. 도토리 열매 부분이 아닌 도토리를 싸고 있는 모자 부분인 깍지에 구멍을 뚫는 이유는, 깍지가 연해서 새끼가 깍지를 뚫고 나오기 쉽기 때문이라 합니다. 이렇게 암컷 도토리거위벌레가 알을 낳기 위해 도토리에 구멍을 뚫고 있으면, 어디선가 암컷의 페로몬 냄새를 맡은 도토리거위벌레 수컷이 찾아와 짝짓기합니다. 도토리거위벌레 암컷은 도토리에 구멍을 뚫고 긴 산란관을 넣어 보통 20~30개의 알을 낳는데, 한 개의 도토리 구멍에는 1개나 많아야 2개 정도의 알을 낳습니다. 산란이 끝나면 알이 빠지지 않게 도토리 구멍에 입구를 막는 작업으로 산란을 마무리합니다. 도토리거위벌레의 3시간여의 작업 끝에 잘린 가지는 날개처럼 잎을 2~3장 달고 있기 때문에, 바로 땅에 떨어지지 않고 바람을 타고 천천히 떨어집니다.

여기에서 도토리거위벌레의 지고지순한 '자식 사랑'(?)을 엿볼 수 있습니다. 넓은 잎이 공기에 저항을 주어 천천히 떨어져 도토리 안에 들어있는 알이 충격을 적게 받고 밖으로 튕겨 나오는 것을 방지하고, 잎이 시들기 전까지 광합성 작용을 계속해 알에서 깨어난 애벌레가 과육을 먹고 성충이 되기까지 도토리가 신선하게 영양분을 계속 공급받아 잘 살 수 있게 하기 때문입니다. 곤충들의 본능이지만 벌레마저도 자식을 사랑하는 자연의 경이로움에 감탄을 금할 수 없습니다. 우리의 보물, 자식들은 부모에게 꽃입니다. 예쁘거나 잘 나서가 아니라 자식이기 때문에 보고 싶은 것이고, 사랑스러운 것이고, 안쓰러운 것이고, 끝내 가슴에 못이 되어 박히는 것입니다. 다른 이유는 없습니다. 그냥 자식이기 때문에 소중하고 아름답고 사랑스러운 것입니다.

   인생을 바꾸는 공부머리, 일머리, 돈머리

역사가 주는 시사점과
AI 시대 대응

남과 북이 분단 되어 살고 있는 한반도의 역사적 현실은 아픈 상처입니다.

일제강점기 이후 나라를 되찾은 지 80년이 넘었지만, 이데올로기 상황에서의 한국 전쟁은 우리 민족에게 뼈아픈 결과를 낳았고 이산가족도 생겨났습니다. 지금도 강대국들 사이에서 쉽지 않은 상황에 부닥쳐 있지만, 정치적인 상황을 배제하고 우리 후손들을 위해서라도 언젠가는 한반도가 힘을 합쳐 세계에서 더욱 우뚝 솟기를 기대합니다.

남산에 가보면 일제강점기 일본이 저지른 민족 말살 정책과 신사 참배의 흔적들을 지금도 곳곳에서 확인할 수 있습니다. 역사를 알지 못한 채 자라면 이런 흔적들은 쉽게 잊힐지도 모릅니다. 그러나 우리는 기억해야 합니다. 다시는 같은 아픔을 반복하지 않기 위해서, 끊임없이 알리고 일깨워야 합니다. 미래로 나아가기 위해서라도, 우리 문화유산을 떳떳하게 지키고 과거를 되새기는 일은 결국 우리의 몫입니다.

인류의 문명은 끊임없이, 그리고 급속도로 발전해 왔고 AI의 등장은 그 변화의 속도를 한층 더 올리고 있습니다. 앞으로 인간은 일을 하기 위해 보내는 시간보다, 여가와 삶을 누리는 데 사용하는 시간이 점점 더 많아질 것으로 보입니다. AI 혁명에 발맞춰 현재와는 전혀 다른 직업군이 형성되고, 우리의 삶을 둘러싼 많은 것들이 빠르게 변화할 것입니다. 이러한 과학기술의 발전과 더불어, 인문학과 철학처럼 인간의 본성과 내면을 성찰하게 하는 교육의 중요성도 더욱 커질 것입니다. 나아가 잘 늙어가는 '웰 에이징(well aging)'을 넘어, 어떻게 삶을 마무리할 것인가를 고민하는 '웰 다잉(well dying)'이 중요한 화두로 떠오르는 시대가 도래하고 있습니다.

집 안에 늘 꽃이 있으면 분위기가 한결 밝아집니다.
어머니께서 하고 계신 꽃꽂이 역시 분명한 크리에이티브의 영역에 속합니다. 먼저 콘셉트를 정하고 작품을 구상한 뒤, 스케치를 통해 형태를 잡고 그에 맞는 재료를 준비합니다. 늘 새로운 발상이 필요하고, 특히 학생들을 가르치는 과정에서는 꽃뿐 아니라 주변의 모든 사물이 작품의 소재가 되기도 합니다.

　인생을 바꾸는 공부머리, 일머리, 돈머리

AI와 함께 나아갈 우리의 미래에서는 인간이 담당하는 영역이 더욱 분명해지고, 사무 공간이나 시간의 제약도 점차 사라질 것입니다. 꽃을 바라보며 기분이 좋아지는 인간의 감정을 로봇은 느낄 수 없습니다. 흉내는 낼 수 있을지 몰라도, 그 본질까지 대신할 수는 없습니다. 그런 의미에서 플로리스트라는 직업은 오히려 앞으로도 인간 고유의 영역으로 남게 되지 않을까 하는 생각이 듭니다.

잔소리를 깨달으면서
어른이 되어 간다

철새는 생존과 번식을 위해 계절별로 서로 다른 지역을 이동하면서 살아갑니다.

철새들의 이동 시기는 생의 가장 위험하면서도 힘든 시기라고 합니다. 기러기의 경우, V자를 형성해서 이동하는데, 꼭짓점 부근에 있는 새는 공기의 저항을 세게 받기에 에너지 소모가 가장 많다고 합니다. 날개 끝부분에 상승 기류가 작용하기 때문에 뒤에 있는 새들은 훨씬 편하게 날 수 있습니다. 이는 나이가 많고 경험이 많은 새가 맡는데, 그 이유가 이동 경로는 경험을 통해서만 알 수 있기 때문이라고 합니다. 하지만 한 마리에게 그 어려움을 몽땅 맡기지는 않습니다. 이동 중에 V자가 순간적으로 오므라들어 일자 형태를 만들 때가 있는데, 이때 다른 곳에서 무리를 이끌 새가 나오고 자연스레 다시 V자를 형성합니다. 이렇듯 동물들 사이에서도 경험이 중요합니다. 젊은이들이 나이가 많고 권위적인 사람을 '꼰대'라고 치부하거나, 낡은 사고

방식을 타인에게 강요하는 어른들로 인해 세대 차이가 점점 심해져 가는 상황입니다. 살아온 경험은 돈 주고 살 수도 없으며, 삶의 지혜는 우리 사회가 발전해 나가기 위해 반드시 해쳐서는 안 될 자산입니다.

경청이 중요하다는 말은 자주 듣지만, 막상 노력하지 않으면 실천하기는 그만큼 어렵습니다. 내가 하고 싶은 이야기를 잘하는 것보다, 누군가가 말할 때 들을 준비가 되어 있는 태도가 더 중요합니다. 마음이 열려 있을 때에야 비로소 그 말이 안으로 들어오고, 결국 행동으로 이어지게 됩니다. 아무리 중요한 이야기라도 같은 말을 수백 번 반복해 듣다 보면, 마음이 닫힌 상태에서는 잔소리로만 느껴질 뿐 실천으로 이어지지 않습니다. 그래서 부모나 가장 가까운 친구의 조언조차도, 받아들일 준비가 되어 있어야 의미를 가집니다. 리더 곁에 충언을 아끼지 않는 참모가 필요한 이유도 여기에 있고, 자식이 부모의 말을 나중에야 이해하게 되는 경우가 많은 것도 같은 맥락일 것입니다. 들을 준비가 되어 있지 않으면, 좋은 말을 해주던 소중한 사람도 결국 지치게 됩니다. 그렇게 지치면 친구들은 하나둘 멀어져 가지만, 부모는 새겨듣지 않는 자식에게도 죽을 때까지 잔소리를 멈추지 않습니다. 자식을 잘되게 하고 싶은 마음이기 때문입니다. 그 말들이 더 이상 잔소리로 들리지 않을 때, 우리는 비로소 어른이 되어가고 있는지도 모르겠습니다.

김광석의 노래를 좋아하시나요?

1964년에 태어나 30대 초반의 젊은 나이에 세상을 떠난 지 벌써 30년이 되었지만, 그의 서정적인 노래는 여전히 우리의 마음속에 깊이 남아있습니다. 가사와 선율이 심장과 머리에 잔잔히 스며들며, 지금도 많은 사람들의 삶을 위로합니다. 그의 노래 대부분은 20대의 방황과 사랑의 아픔을 담고 있으며, 서른을 앞둔 시점의 불안과 인생의 애환이 서려 있습니다. 문득, 그가 아직 살아 있었다면 어떤 노래를 들려주었을까 상상해 봅니다. '마흔 즈음에', '쉰 즈음에' 같은 노래가 나오지 않았을까요? 젊은 시절의 방황을 지나 조금 더 성숙해진 시선으로 인생을 노래했을 듯합니다.

한 사람을 그리워하던 애절한 가사도 여전히 아름답지만, 김광석이라는 인간이 겪었을 더 깊은 인생 이야기를 더 이상 들을 수 없다는 사실이 그저 아쉽기만 합니다.

설이나 추석 명절을 지내는 모습들이 많이 바뀌고 있습니다.

코로나의 영향도 있거니와 그만큼 사회 구성원들의 세대가 변해가면서, 변화의 속도가 더욱 빨라진 듯합니다. 이제는 제사나 차례를 생략하는 가정도 많이 늘어나면서 차례 음식보다는

 인생을 바꾸는 공부머리, 일머리, 돈머리

취향에 맞는 음식을 준비하고 명절을 보내는 모습이 익숙해졌습니다. 유교 사상의 영향을 받아 조상들을 모시는 것도 중요하지만, 현재 살아 있는 가족과의 정을 쌓는 것이 더욱 중요하지 않을까 생각합니다. 초고령 사회로 진입하고 노인 인구가 늘어가는 현 상황에서 명절의 의미를 되새기며 서로 정을 나누고 진정한 가족의 따뜻함을 느끼는 시간을 보내야겠습니다.

속 끓일 필요가 없습니다.

다가오지 않은 미래를 걱정하거나 과거에 집착하여 현재를 고통스럽게 살아가는 것은 정신 건강에 해로울 뿐입니다. 우리 속이 끓는 것은, 사실 머릿속의 많은 생각이 우리를 힘들게 하는 것입니다. 모든 것들을 내려놓고 무념무상의 명상을 해 보고, 욕심을 버리는 마음으로 정화하는 루틴을 가져가는 것만으로도 머릿속이 맑아지고 속이 편안해집니다.

제2의 새로운 삶,
도전과 열정의 어머니

올해 연세가 75세가 되시는 어머니는 20대 초반에 간호사로 사회생활을 시작하셨습니다. 저의 아버지와의 인연도 간호사 생활 당시, 할머니 병환으로 직접 왕진을 다녀가시면서 시작되었습니다. 왕진 이후 제 할머니는 어머니가 마음에 드셨고, 아버지에게 연애를 적극 추천하셨다고 합니다. 어머니는 결혼과 동시에 직장을 그만두셨고, 저와 남동생을 돌보시면서 전업주부로서 긴 시간을 보내셨습니다. 제가 초등학교 6학년쯤 아버지 직장 발령으로 인해 수원으로 이사를 온 뒤, 어머니는 꽃꽂이 수업을 수강하시면서 사범 자격증을 취득하셨고 제2의 인생을 준비하셨습니다. 약 3~4년간의 새로운 배움 이후 90년대 초반부터 본격적인 꽃꽂이 강사로서 수업을 해오셨고, 지금도 약 35년이 넘도록 그 업을 이어가고 계십니다. 간호사의 인연으로 아버지를 만나셨고, 간호사로서의 남다른 손재주를 살리시면서 창의성까지 겸비하시어, 플로리스트로서 매우 즐겁고 보람된 인생을 살고 계십니다. 몇 해 전에는 한국꽃꽂이협회 이 사장까지 역임하시면서 활력있는 시니어로서 생활하시는 모습이 참으로 존경스럽습니다. 아마도 건강이 허락하시는 한, 당분간은 양재동 꽃시장에 직접 가셔서 꽃을 사 오시는 일은 지속하실 것 같습니다.

새로운 것에 도전하고 배움을 놓지 않는 것은 매우 중요합니다. 코로나 이후 온라인이 한 단계 발전하고, 생성형 AI 시대에 뒤처지지 않으려면 오히려 트렌드를 읽고 앞서가기 위한 꾸준한 배움의 자세가 중요합니다. 의학의 발전 등으로 평균 수명이 늘어났지만, 퇴직이나 은퇴 이후의 삶을 미리 준비하는 건 쉬운 일은 아닙니다. 미리 준비하지 않더라도 막상 그런 일이 닥쳤을 때는 오히려 긍정적인 마음으로 여유를 갖고 충분히 생각하는 시간을 갖는 것이 필요합니다. 충분한 재충전의 시간과 함께 건강을 먼저 챙긴 뒤, 이젠 나를 위한 제2의 삶을 어떻게 보람차게 보낼 것인지에 대해 행복하게 고민하고 실천에 옮기면 됩니다. 시간에 쫓기어 미처 준비되지 않은 자영업을 시작하는 것보다는, 그동안 해왔던 경력과 조금이라도 관련성 있는 일을 찾아보는 것이 중요합니다. 연봉에 연연하는 것보다는 앞으로의 10년 이상을 내다보고, 보람되고 봉사와 배려하는 정신으로 새로운 삶을 위해 도전하는 열정이 다시 필요한 순간입니다.

배려와 인품 속에 이어온
주니어보드 모임

"인간은 사회적 동물이다." 고대 그리스 철학자 아리스토텔레스의 이 말은 누구나 한 번쯤 들어봤을 것입니다. 아마 초·중·고 사회 수업 시간에 처음 접했을 텐데, 학창 시절보다 오히려 사회생활을 시작한 이후 그 의미를 더욱 실감하게 됩니다. 좋든 싫든 우리는 혼자 살아갈 수 없고, 다양한 관계 속에서 사회생활을 이어갑니다. 나를 둘러싼 수많은 인간관계와 여러 모임이 존재하지요. 그중에서도 멤버 구성에 따라 유난히 편안한 모임이 있는데, 이런 만남은 정치적인 계산 없이 자연스럽게 이어지곤 합니다. 함께 있을 때 서로에게 위로와 힘이 되는 그런 모임이야말로, 시간이 흘러도 관계를 지속하게 만드는 진짜 원동력이 됩니다. 대부분 이런 모임은 어린 시절의 초·중·고 동창이나 대학교 친구, 혹은 사회생활을 하며 맺은 인연들로 구성되어 있을 것입니다.

저 역시 정기적으로 만나는 여러 모임이 있습니다. 그중에서도 주니어 시절 회사에서 함께 일하며 맺어진 한 모임은, 어느 덧 15년이라는 시간을 지나 지금까지 이어지고 있습니다. 나이 는 제각각이지만, 이제는 모두 중년이 되어 시니어의 길로 접어 들었음에도, 만나기만 하면 늘 그때의 젊은 시절로 돌아간 듯 한 기분이 듭니다. 때로는 시간을 맞춰 함께 해외여행을 떠나기 도 하고, 서로의 안부를 챙기며 경조사에 마음을 보태기도 합니 다. 그렇게 우리는 업무로 시작된 인연에서, 어느새 진정한 친 구로 발전해 왔습니다. 모임이 끝날 때마다 늘 다음 만남을 기 약하고, 서로의 성장과 변화를 응원하는 마음이 이 관계를 더욱 단단하게 만들어 주었습니다. 무엇보다도 서로의 성향이 잘 맞 고, 배려심 깊은 인품 덕분에 오랜 시간 변함없이 이어질 수 있 었던 것 같습니다. 책의 최종 탈고를 며칠 앞둔 주말, 모임 멤버 한 분의 부친께서 영면하셔서 전남 순천에 다녀왔습니다. 삼가 고인의 명복을 빌며, 슬픔의 순간에도 함께 마음을 나누는 우정 의 의미를 다시금 되새기게 되는 시간이었습니다.

사실 우리는 하루에도 수없이 많은 사람들의 배려 속에서 살 아갑니다. 그 배려를 당연하게 여기지 않고, 작은 행동 하나라 도 누군가를 위한 마음으로 실천한다면, 우리가 살아가는 세상 은 지금보다 훨씬 더 따뜻하고 평화로워질 것입니다. 작은 배려 가 큰 감동을 만들고, 사소한 습관들이 모여 사회의 품격을 세 워갑니다.

더불어 사는 사회적 배려,
김장의 전통

매년 11월 중순 이후가 되면 월동 준비가 한창입니다. 추운 겨울을 잘 지내기 위해 옷과 식량을 비롯해 보일러가 도입되기 전에는 연탄도 준비했던 것 같습니다. 그중에서도 집안에서 김치를 담그는 것은 또 하나의 가족 모임이자 전통 풍습과도 같습니다. 요즘에는 김장용 가을배추 외에도 봄이나 여름에도 구매가 가능하고, 김치를 사서 먹기가 편해져서 김장하는 집안이 서서히 줄어들고 있는 것 같습니다. 김치 외에 다양한 먹거리가 있기도 하고 노령화가 지속되는 환경적인 영향도 있다고 합니다. 저희는 아직 부모님과 함께 김장김치를 담가 먹고 있습니다. 아이들은 해마다 이맘때가 되면 김장 속과 함께 먹는 수육보쌈을 손꼽아 기다립니다. 몇 해 전부터는 절임 배추를 사들여 김장을 담그는데, 직접 배추를 절이지 않아도 되니 그만큼 일이 훨씬 수월해졌습니다. 본가가 동생네와 제 집에서 차로 30분 이내 거리에 있어 자주 찾아뵐 수 있는 것도 큰 복입니다. 어머

   인생을 바꾸는 공부머리, 일머리, 돈머리

니는 늘 말씀하십니다. "가족이 먹는 거니까 좋은 재료로 직접 담가야 더 건강하고 맛있다." 그 말씀 속에는 단순한 음식 이상의 철학이 담겨 있습니다. 그래서인지 우리 가족은 앞으로도 김치를 직접 담그며, 아이들과 함께 모여 주말마다 명절처럼 정겨운 시간을 이어갈 것 같습니다.

추석이 지나고 김장철이 다가오면, 미국의 추수 감사절처럼 또 하나의 큰 이벤트가 아닌가 싶습니다. 요즘은 집에서 직접 김장을 하는 가정이 줄어들었지만, 동사무소나 지자체에서 김치를 담가 독거 어르신들께 나누어 드리는 모습을 보면 참 고맙고 따뜻한 일이라는 생각이 듭니다. 직접 담근 김치보다는 만족도가 조금 떨어질 수도 있겠지만, 비용이나 시간을 생각하면 이런 사회적 배려야말로 지금 시대에 더욱 필요한 가치가 아닐까 합니다. 김장의 전통이 점점 사라지는 것은 아쉽지만, 현실적으로 받아들일 수밖에 없는 일입니다. 이는 코로나 이후 차례상도 간소화되거나 생략되는 추세와도 비슷한 변화라 할 수 있습니다. 필요할 때마다 조금씩 사 먹거나 소량만 담그는 집도 늘고 있습니다. 그렇지만 한 번에 하는 김장의 풍성함과 공동체의 의미를 생각하면, 언젠가 '김치 종주국'의 명맥이 희미해지지 않을까 하는 걱정도 듭니다. 반면 아이러니하게도 K-푸드와 K-컬처의 인기로 전 세계적으로 '김치 문화'가 확산되고 있다는 점은 반갑습니다. 저희 집 역시 해마다 김장을 거르지 않는데, 지난해 김치가 조금 남아있어도 배추량을 줄이지는 않습니다. 오히려 김치냉장고를 비우기 위해 남은 김치로 만두소를 만들어 김치만두를 빚곤 하는데, 그 맛이 정말 일품이지요. 무엇이든 정성이 들어가면 그만큼 가치가 커지는 법입니다. 매사에 정성을 다하는 마음, 그것이 결국 삶을 풍요롭게 만드는 것 같습니다.

인생을 바꾸는 공부머리, 일머리, 돈머리

그동안 신세 많이 진
이순재 선생님

1935년에 태어나 2025년 11월, 향년 91세로 돌아가신 대한민국의 원로 배우 이순재 선생님을 떠나보내면서 많은 이들이 존경을 보내고 그분의 삶을 재조명하고 있습니다. 여러 이유가 있겠지만, 무엇보다도 최근까지 연극을 하면서 연기에 대한 진심 어린 애정과 주변 사람들을 배려하는 인품이 가장 크게 느껴집니다. 돌아가시고 4일 뒤 방영된 MBC의 다큐멘터리는 많은 울림을 주었습니다. 이순재 선생의 허락을 받고 그의 연기 인생을 정리하는 다큐멘터리 제작을 하다가, 급격한 병세 악화로 중단이 되었다고 합니다. 헌정을 위해 제작 중이던 다큐를 추모 다큐로 만들어, 돌아가신 뒤 가까운 지인 인터뷰와 함께 고인의 생전 마지막 모습을 시청자들에게 보여준 김호성 PD님에게 감사함을 전하고 싶습니다. 서울대 철학과 출신이고 국회 의원도 당선된 경험이 있는 이순재 선생께서 가장 사랑하는 것은 배우 생활이었고, 연로한 연세에도 무대에서 쓰러져 죽는 심정으로 그 열정이 남다른 분이었습니다. 2024년 KBS에서 연기 대상을 받으시면서 시청자에게 '그동안 신세 많이 졌습니다.'라고 한 그의 말씀은 마지막 인사가 되었고, 오히려 많은 국민이 선생님의 연기를 통해 감동하면서 신세를 많이 지지 않았나 싶습니다.

더욱 감동적인 것은, 이순재 선생님께서 같은 길을 걷는 수많은 후배 배우들에게 본보기가 되어 '배우들에게 존경받는 국민 배우'로 기억된다는 점입니다. 단순히 일에 대한 열정만으로는 이뤄낼 수 없는 일입니다. 철저한 자기 관리와 후배를 아끼는 따뜻한 배려심이 자연스레 존경으로 이어진 것이라 생각합니다. 선생님을 떠올리며, 이 시대의 '큰 어른'이란 바로 이런 분을 두고 하는 말이 아닐까 싶습니다. '죽어서 이름을 남긴다.'라는 말의 의미가 새삼 마음 깊이 와닿습니다.

이순재 선생님, 평생을 멋지게 사셨습니다. 진심으로 존경하며, 부디 편히 잠드소서.

   인생을 바꾸는 공부머리, 일머리, 돈머리

은행을 사랑하시는 성실의 아이콘,
존경하는 아버지

"가장 존경하는 분이 누구냐."라고 묻는다면, 주저 없이 아버지라고 말씀드릴 수 있습니다. 성격은 대쪽 같지만, 속정이 깊으시고 자기 관리와 열정 또한 남다른 분입니다. 얼마 전 배우 이순재 선생님의 추모 다큐멘터리를 보다가 문득 아버지가 떠올라 안부 전화를 드리기도 했습니다. 1945년에 태어나신 아버지는 1950년 한국 전쟁이 발발하던 해, 당시 경찰로 근무하시던 제 할아버지를 여의셨습니다. 어린 시절부터 많은 시련을 겪으셨지만, 저와 동생에게는 넘칠 만큼의 사랑을 주셨습니다. 여섯 살 무렵부터 홀어머니 밑에서 자라시며 받지 못했던 부정(父情)을, 오히려 저희에게 다 주시려 애쓰신 분입니다. 30대 중반의 비교적 젊은 나이에 저의 할머니마저 작고하시자 큰 슬픔에 잠기셨지만, 지금도 자주 산소를 찾아 효심을 다하십니다. 지난해 여든이 넘으셨지만, 여전히 마음이 따뜻하시고, 위로는 두 형님과 아래로 한 여동생 사이에서 셋째로 자라며 형제간의 우애 또

한 깊게 지켜오셨습니다. 저와 동생은 그런 아버지의 모습 속에서 자연스럽게 가족의 소중함과 형제애를 배우며 자랐습니다.

숫자 감각이 뛰어나시고 워낙 영민하신 아버지는 중앙대학교를 졸업하신 후 농협에서 금융인으로 사회생활을 시작하셨습니다. 힘들었던 IMF 시절을 묵묵히 견디시며 평생을 농협 한길로 걸으시다 정년퇴직하셨습니다. 이후에도 수원원예농협 상임이사로 스카우트되어 10년 넘게 일을 이어가시고, 78세의 연세에 이르러서야 비로소 완전한 은퇴를 하셨습니다. 자영업이 아닌 직장인으로 45년 가까이 한 길을 걸어오셨다는 것은 감히 상상하기 어려운 일입니다. 일에 대한 열정과 성실함은 글로 다 표현할 수 없을 만큼 깊습니다. 저 역시 아버지의 영향을 받아 한때 금융인이 되고 싶다는 꿈을 품었지만, 결국 마케팅 분야에서 제 길을 걷게 되었습니다. 아버지는 농협 근무 초년 시절, 당시 간호사로 일하시던 어머니를 할머니 병환으로 인한 왕진 자리에서 처음 만나셨습니다. 그렇게 시작된 인연은 지고지순한 사랑으로 이어져 결혼에 골인하셨습니다. 아버지께서 어머니께써 내려가신 수십 통의 연애편지는 아직도 어머니의 손에서 소중히 간직되어 있습니다. 두 분의 사랑은 지금도 저와 동생 부부에게 늘 본보기가 됩니다. 손주들에게는 여전히 따뜻한 사랑을 아낌없이 나누시고, 큰 병환 없이 꾸준히 운동하시는 모습이 참으로 감사하고 든든합니다. 매년 가을이면 주인 없는 은행

　　인생을 바꾸는 공부머리, 일머리, 돈머리

나무에서 떨어진 은행을 직접 주워 씻고 말려 나누어 주시는데, 평생 금융인이셨던 분이 은퇴 후에도 '은행'을 털고 계신 모습이 그저 유쾌하기만 합니다.

아버지, 늘 존경합니다. 자주 찾아뵙겠습니다. 건강히 오래오래 사세요.

자랑보다는
서로 위로해 주는 연말 모임

해마다 연말이나 연초가 되면 이곳저곳에서 각종 모임이 잦아집니다. 예전보다 송년 모임의 수는 줄었지만, 오랜만에 친한 사람들과 만나 서로의 근황을 나누고 한 해를 즐겁게 마무리하는 일은 여전히 의미가 있습니다. 기쁨은 나누면 배가 되고, 슬픔은 나누면 절반으로 줄어든다고 합니다. 그래서 이런 자리에서는 각자의 이야기꽃이 피어나며 웃음이 오가기도 하지만, 때로는 대화의 방향이 엉뚱하게 산으로 흐를 때도 있습니다. 누군가는 힘든 경험을 털어놓으며 위로받고 싶어 하지만, 또 누군가는 자신도 모르게 자랑으로 흘러 분위기를 어색하게 만들기도 합니다. 주식이나 코인, 부동산처럼 돈 이야기를 늘어놓기보다는, 힘든 시기를 어떻게 이겨냈는지 나누는 대화가 서로를 더 가깝게 만들고, 그렇게 위로하고 공감하는 자리가 오래가는 관계를 만드는 듯합니다.

예전에는 여러 모임에 적극적으로 참석하는 것이 즐거웠지

인생을 바꾸는 공부머리, 일머리, 돈머리

만, 요즘은 조용히 가족들과 함께 연말을 보내는 시간을 더 선호합니다. 세월이 흐르면서 친구는 많을수록 좋은 것이 아니라, 마음을 나누고 진정으로 소통할 수 있는 몇 사람만 곁에 있어도 충분히 행복하다는 걸 느끼게 되었기 때문입니다. 물론 때로는 솔직함이 불편할 때도 있지만, 어쩌면 분위기를 읽고 조화를 이루는 일은 평생 배워야 하는 삶의 지혜일지도 모릅니다.

지구 온난화,
우리가 지구와 공존하려면

지구 온난화로 인한 글로벌 자연재해가 점점 심각해지고 있습니다. 지난여름 유럽을 비롯한 여러 나라에서는 기록적인 폭염이 이어졌고, 미국 캘리포니아뿐 아니라 우리나라 곳곳에서도 건조한 날씨로 대규모 산불이 발생해 많은 이재민이 생겼습니다. 얼마 전에는 필리핀과 인도네시아 등 동남아시아 지역에서 홍수가 발생해 수백 명의 목숨을 앗아가기도 했습니다. 이런 상황을 보면, 올겨울에도 극심한 한파가 지속되지 않을까 우려됩니다. 해마다 해수면 온도는 점점 높아지고 있고, 그로 인한 기후 변화로 지구는 지금 몸살을 앓고 있습니다. 문제는 이러한 위기 상황에 우리가 얼마나 제대로 대응하고 있느냐는 점입니다. 사실 이런 기후 위기의 징후는 이미 오래전부터 감지되었지만, 저 또한 불과 몇 년 전까지만 해도 피부로 체감하지 못해 큰 관심을 두지 않았던 것이 사실입니다. 최근 비행기를 타고 우리나라 하늘 위를 바라보면, 충청도에서 경기도로 이어지는 곳곳의 숲이 사라지고 그 자리에 골프장이 들어선 모습을 쉽게 볼 수 있습니다. 저 역시 골프를 즐기지만, 이런 풍경을 볼 때마다 '이렇게 좁은 땅에 왜 이렇게 많은 골프장이 필요할까?' 하는 생각이 듭니다. 그럼에도 여전히 이용 비용은 비싸고, 수요는 줄지 않습니다. 결국 우리나라뿐 아니라 전 세계적으로도 무분별한 벌목을 줄이고 더 많은 나무를 심는 노력이 필요합니다. 그것이 지구의 온도를 낮추고, 인류가 함께 살아갈 터전을 지키는 가장 기본적인 출발점일 것입니다.

국가 차원에서는 자연 친화적인 재생 에너지로의 전환이 시급하지만, 개인적으로 실천할 수 있는 작은 일부터 하나씩 행동으로 옮기는 것이 무엇보다 중요합니다. 지구의 자연과 인간이 함께 공존하기 위해서는 오늘부터라도 일회용 플라스틱 사용을 줄이고, 걷거나 자전거를 이용하며, 에너지 효율을 높이는 작은 실천을 이어가야 합니다. 최근 경기도를 비롯한 일부 지자체에서는 '기후동행카드'를 도입해 탄소 절감과 관련된 실천에 포인트 혜택을 주는 등 다양한 시도를 하고 있습니다. 물론, 먹고살기 바쁜 시대이지만 작은 행동 하나하나가 모여 세상을 변화시킬 수 있다는 믿음으로 우리 사회 곳곳에 기후 동행의 움직임이 더욱 확산하기를 바랍니다.

얼마 전, 처남이 강원도 고성에 사는 친구로부터 동해에서 직접 채취한 귀한 문어와 해삼과 멍게 등을 가져다주었습니다. 이른바 '해녀'처럼 바다에 잠수해 해산물을 채취하는 '해남'의 일종인 '나잠어업'은 지역 주민이면서 면허 어업 자격을 갖춘 사람만이 할 수 있는 일이라고 합니다. 동해의 깊은 바다에서 막 잡은 해삼과 멍게는 바닷물과 함께 공수해 바로 손질해 먹으면, 육지의 횟집에서 맛보는 것보다 훨씬 신선함이 살아 있습니다. 저역시 육류보다 해산물을 더 좋아하는 편입니다. 하지만 앞으로 미래 세대에는 미세 플라스틱과 해양 쓰레기 오염으로 인해 지금처럼 신선한 해산물을 맛보기 어려워질지도 모르겠습니다. 소고기나 달걀에 등급이 있듯, 머지않아 해산물도 어느 바다에서 채취했는지에 따라 품질이 달라질지도 모릅니다.

바다는 단순히 인간의 식량뿐 아니라 조류와 해양 생물의 생태계를 지탱하고 지구의 질서를 유지하는 소중한 존재입니다. 해수면 온도 상승도 걱정이지만, 우리가 할 수 있는 범위 안에서라도 플라스틱 사용을 줄이고, 바다로 흘러 들어가는 쓰레기를 막으며, 오염된 해양을 정화하는 노력이 절실합니다. 바다는 지구의 기후를 조절하고, 생명에게 식량과 자원을 제공하며, 우리가 들이마시는 산소의 절반 이상을 만들어 내는 '지구의 푸른 심장'입니다. 해양 생태계의 건강과 우리가 빌려 쓰는 지구를 위해, 오늘부터라도 카페에서는 텀블러를 사용하고, 일회용 비닐 대신 장바구니를 드는 작은 실천부터 시작해야겠습니다.

불후의 명곡,
가족과 함께 노래를

　　K-컬처의 글로벌 확산을 이끄는 중심에는 단연 K-POP의 인기를 빼놓을 수 없습니다. 실력 있는 아이돌을 양성하는 과정에 대한 비판적인 시각도 있지만, 엔터테인먼트 산업의 체계적인 인프라가 형성되며 긍정적인 역할을 해온 것도 사실입니다. 수많은 경쟁 속에서 옥석처럼 발굴된 아이돌들이 치열한 연습 끝에 세계 무대에서 선도적인 문화를 만들어 가는 그 본질에는, 우리 민족 고유의 전통적인 정서가 스며 있는 듯합니다. 예전에는 노래방이 없었지만, 우리 국민은 언제나 흥이 넘치고 끼가 많은 사람들이었습니다. 전국 곳곳의 노래방 문화는 그러한 흥과 끼를 더 활짝 꽃피울 수 있는 장치가 되었고, 개인이 자신의 재능을 표현할 기회를 넓혔습니다. 코로나 시기에 온 국민이 지치고 외로웠던 때, TV조선의 〈미스터 트롯〉을 통해 임영웅이라는 새로운 스타가 탄생했고, 이후 이무진 등 수많은 신예 가수들이 다양한 경연 프로그램을 통해 세상에 모습을 드러냈습니다. 유튜

브의 확산 역시 숨은 재능과 열정을 세상에 보여주는 통로가 되었습니다. 노래를 부르는 것만큼 듣는 것을 즐기는 우리 민족의 정서 속엔, 감정으로 소통하는 문화가 자리하고 있습니다. 책은 머리로 읽지만, 드라마와 노래는 마음으로 느끼며 감동합니다. 저 역시 얼마 전 〈불후의 명곡〉을 보다가 한 곡의 노래에 마음이 울컥해 눈물을 흘렸습니다. 그 순간, 노래가 단순한 예술 그 이상으로 사람의 마음을 움직이는 힘이라는 걸 새삼 느꼈습니다.

이날은 송년 특집으로 가족들과 함께 2명이 짝을 이루어 출전하여 함께 노래를 부르고 대결하는 콘셉트였는데, 등장한 다섯 팀의 가족 모두 개성이 넘치고 너무나 훌륭했습니다. 과거 레전드 가수들의 노래를 실력자들이 편곡해서 부르는 프로그램인 줄만 알았는데, 명절에 등장하는 가수들의 가족 노래 경연 대회와는 사뭇 다른 느낌의 이번 패밀리 보컬 대전 구성은 신선했습니다. 환갑이 얼마 남지 않은 59세의 나이에도 불구하고 아직도 실력이 쟁쟁한 가수 박남정과 그의 DNA를 물려받은 출중한 딸의 활기찬 무대는 부녀지간의 부러움을 사기에 충분했습니다. 가수 윤민수가 돌아가신 아버지를 생각하며 그의 어머니와 함께 부른 곡이나, 가수 우디가 그의 친형인 프로야구 김상수 선수와 함께 부른 싸이의 〈아버지〉라는 곡은 이 시대의 모든 아버지를 연상하게 만드는 감동적인 무대였습니다. 한 편의 뮤지컬 같은 깜찍한 무대를 보여준 간미연과 남편의 무대도 흥

     인생을 바꾸는 공부머리, 일머리, 돈머리

미로웠습니다. 결국 우승은 잔나비와 최정훈의 매니저이자 친형 가족이었는데, 함께 부른 신성우의 〈서시〉는 묵묵히 곁을 지켜준 '우리 형'에 대한 우애를 돋보여 준 무대였습니다.

저는 그 장면에서 문득 친남동생이 떠올랐습니다. 1998년 초, 추운 겨울에 함께 군 복무를 하던 시절이 있었는데, 제가 제대가 얼마 남지 않은 말년 병장이었을 때 막 훈련소에 입소한 동생이 제게 보냈던 편지가 문득 생각나 가슴이 울컥했습니다. 지금은 그 자필 편지를 잃어버려 아쉽지만, 스마트폰이 없던 시절이라 사진으로 남기지 못한 것이 더욱 안타깝습니다. 방송에서 각 팀이 노래로 가족의 이야기를 풀어내는 모습을 보며, 방청객이나 시청자 모두가 그 감정에 공감하며 함께 울고 웃었던 이유를 알 것 같았습니다. 단순히 노래 실력뿐 아니라, 사연과 감정이 어우러지며 깊은 정서적 울림을 준 것이지요. 그 모습을 보면서 저도 가족 모임에서 부모님이나 아내, 동생, 그리고 자녀들과 함께 노래를 부르며 가족애를 새삼 다지고 싶다는 생각이 들었습니다. 또한 '아리랑'처럼 우리 민족의 역사와 고난, 지역 문화가 녹아 있는 전통 민속음악의 오랜 여정이 이제 글로벌 K-POP이라는 형태로 다시 피어나고 있다는 점에서, 우리 민족이 지닌 잠재력과 예술적 우수성이 드디어 세계 속에서 빛을 발하고 있다는 생각이 듭니다.

글로벌 냉전과 복잡한 국제 정세, 우리의 지혜는?

〈동물의 왕국〉 다큐멘터리를 보면, 종족 번식을 위해 암컷을 차지하려는 수컷들의 싸움을 자주 볼 수 있습니다. 한편으로는 같은 종 내의 경쟁이 아닌, 약육강식의 법칙에 따른 사냥 장면도 등장합니다. 사자와 같은 맹수조차도 사냥할 때는 혼자가 아니라 작은 무리를 이루어 행동합니다. 살아남기 위해 누군가를 공격하고 희생시키는 이런 모습은, 인간 사회에서도 '전쟁'이라는 형태로 이어져 왔습니다. 지금도 세계 곳곳에서 전쟁이 벌어지고 있으며, 우리나라 역시 한국 전쟁 이후 남북으로 갈라진 분단국가로 남아있습니다. 전쟁은 종교나 정치적인 이유로 일어나기도 하지만, 결국은 자국의 경제적 이익과 권력 유지를 위한 수단인 경우가 많습니다. 일부 국가는 동맹이나 외교적 연합을 통해 힘을 과시하거나 영향력을 확장하려 하지만, 그 피해는 언제나 일반 시민들에게 돌아갑니다. "강자가 살아남는가, 살아남는 자가 강자인가."라는 말은 결국 결과론적인 표현일 뿐,

인생을 바꾸는 공부머리, 일머리, 돈머리

현실은 무고한 이들의 희생 위에 세워진 잔혹한 비극입니다. 최근 우크라이나-러시아 전쟁에서는 북한군 사망자가 2천여 명에 달한다고 전해집니다. 러시아의 원조를 대가로 자국민의 희생을 '영광'으로 포장하며 체제 결속에 이용하는 북한의 행태를 어떻게 이해해야 할까요. 반면, 징병을 피하고자 고국을 떠나는 우크라이나의 젊은이들이 무슨 잘못이 있는 걸까요. 인류는 이런 비극을 되풀이하지 않기 위해 수많은 국제 규범과 제도를 마련해 왔지만, 여전히 일부 보수적이고 강경한 지도자들에 의해 질서는 무너지고 있습니다. 전쟁을 막기 위한 논의보다, 오히려 무기를 증강하고 새로운 전쟁 준비에 몰두하는 모습이 안타깝고 두렵습니다.

그럼에도 우리는 방산주 ETF*(상장지수펀드)*를 사고, 주가가 오르면 기뻐하는 자본주의 사회 속에 살고 있습니다. 전 세계가 힘을 모아도 지구를 지키기 벅찬 시대에, 강 대 강의 대립은 점점 치열해지고 결국 새로운 국제 질서, 이른바 '글로벌 냉전'이 일상의 뉴노멀이 되어가는 듯합니다. 각국의 지도자들이 자국의 부흥과 경제 발전을 최우선 목표로 삼는 것은 자명한 사실입니다. 그러나 자국의 안정 위에서 정치적, 경제적 외교를 통해 함께 성장해야 하는 공동 번영의 실천은 여전히 쉽지 않아 보입니다. 우리나라뿐 아니라 미국과 유럽 등 주요 선진국에서도 알파벳 'K' 형태의 빈부 격차가 점점 심화되고 있습니다. 연금 개혁,

정년 연장 등 구조 조정의 여파로 세대 간의 이해 충돌도 커지며, 기성세대와 MZ세대의 갈등이 사회 전반에 드리워져 있습니다.

각국이 비슷한 위기 속에서도 복잡한 국제 정세 속에 살아남기 위해 분투하는 지금, 국가를 대표하는 리더와 참모들의 역할이 그 어느 때보다 중요합니다. 무엇보다 국민이 분열하지 않고 지혜를 한데 모아 어려움을 극복해 나가는 것이 가장 중요한 과제입니다. 우리 민족은 위기를 기회로 바꾸는 저력을 지닌 사람들입니다. 언제나 힘든 시기마다 민심이 하나 되어 위기를 헤쳐 온 그 힘을 믿고, 오늘도 내일을 위한 긍정의 마음으로 살아가야겠습니다.

부모의 평생 자식 사랑과
올바른 훈육

혼인과 출산이 갈수록 어려워지고 있습니다.

예전보다 사회적 지원이 확대되었다고는 하지만, 자녀가 태어나도 육아에 따르는 부담은 여전히 만만치 않습니다. 어린이집에 가기 전까지는 조부모의 도움이 절실한 경우가 많고, 이후에도 양육의 고민은 끊이지 않습니다. 일부 국가에서는 조부모의 사랑을 받으며 자란 아이들의 감수성이 풍부하다는 연구 결과가 나오면서, 노년층이 돌봄 역할을 맡는 '할머니·할아버지 대여'라는 새로운 일자리도 생겨났습니다. 특히 형제가 없는 외동 자녀에게는 사회성을 길러주는 어른의 존재가 더욱 중요합니다. 하지만 아이들이 학교생활에서 친구 관계에 어려움을 겪거나 학교 폭력의 피해자가 된다면, 부모가 이를 인지하기가 어렵다는 점이 더 큰 문제입니다.

학교를 졸업한 뒤 성인이 되어서도 학교 폭력의 트라우마, 취업 실패, 사회 부적응으로 인해 은둔하거나 고립되는 20~30대

청년들이 늘고 있습니다. 집 밖으로 거의 나오지 않는 은둔형 청년뿐 아니라, 외형상 사회생활을 하지만 인간관계에서 스스로 벽을 쌓고 고립되는 비율이 전체의 약 80%에 달한다고 합니다. 각 지자체에서도 이를 심각하게 인식하고 있으나, 범국가적 차원의 사회 시스템 개편이 시급해 보입니다. 이러한 청년층의 고립과 은둔은 경제적 요인뿐 아니라 사회적·정신적 어려움이 복합적으로 작용한 결과입니다. '골든 타임'이 지나기 전에 이들을 위한 체계적 지원과 실질적인 회복 프로그램이 마련되어야 합니다. 결혼과 출산율 저하보다도 더 시급한 사회적 위기일 수 있습니다. 일본에서도 최근 10대 학생들의 등교 거부 현상이 늘면서 정부가 심리 상담 지원을 강화하고 있습니다. 이는 비단 청년층만의 문제가 아니라, 10대의 정서 교육까지 포함한 교육 시스템 전반의 근본적 변화가 필요하다는 신호로 보입니다. 건강한 국가의 미래를 위해서는 학교 교육보다 더 근본이 되는 가정 교육의 회복이 중요합니다. 하지만 현실은 양육비 부담과 맞벌이 증가로 인해 부모가 자녀를 직접 돌볼 시간과 에너지가 점점 줄어들고 있습니다. 그 결과, 올바른 훈육의 기회도 줄어드는 것입니다. '사자들이 새끼들을 언덕에서 낭떠러지로 일부러 떠밀고 살아남은 자식들만이 강하게 키운다.'라는 속설은 한 번쯤 들어보셨을 겁니다. 밀림의 왕이 되기 위해 새끼들을 강하게 키우는 스파르타식 교육을 인간도 배워야 한다고 해서, 한동안 나약하지 않고 강하게 키우는 교육이 유행이었습니다.

하지만 이는 잘못된 사실로 드러났습니다. 1910년 독일의 '델타 남작'이라는 한 탐험가가 '사자에게 배우자'는 논문을 발표했던 것이 발단이었는데, 1940년대쯤 영국 동물학자들의 면밀한 조사로 뒤집어 버렸습니다. 무리 생활하는 사자들은 한 마리의 수컷이 여러 마리의 암컷들과 새끼들을 거느리면서 삽니다. 다른 수컷이 그 두목을 죽이거나 쫓아버려 새로운 두목이 되는 일이 종종 발생하는데, 이러한 상황에서 새로운 두목이 기존 두목의 새끼들을 모조리 일부러 낭떠러지로 떨어뜨려 죽이거나 쫓아낸다는 것이 사실입니다. 생후 6개월이 안 된 새끼들은 이런 식으로 죽임을 당하고, 6개월이 넘은 새끼들은 어미의 지시로 도망을 간다고 합니다. 그래야만 암컷들이 그 새끼들을 양육하는 일을 포기하고 새 두목과 교미하여 새 두목의 새끼들을 낳게 되는 것이고, 새 두목은 자기의 씨를 퍼뜨리기 위해 전 두목의 새끼를 죽인 것입니다. 그야말로 사자는 잔인한 짐승이고 의붓아빠는 악마인 셈입니다. '밀림의 왕'이라는 타이틀을 위해 이러한 잔인한 행동이 되풀이되고, 언젠가는 자신도 도망간 사자들이 성장하여 되돌아와 죽임을 당할 수 있는 위협을 느끼면서 살 수밖에 없습니다. 우리가 아는 〈라이언 킹〉 스토리가 딱 들어맞습니다. 가끔은 짐승의 세계에서만 있을 법한 일들이 인간 세상에도 참혹한 범죄로 나타날 때 우리는 경악을 금치 못합니다.

아무튼 스파르타식의 교육이 아닌, 자식들에 대한 무조건적인 사랑을 기반으로 올바른 훈육 방법에 대한 중요성이 대두되는 상황입니다. 명확한 규칙을 기반으로 일관성을 갖고 감정을 존중하며 짧고 단호하게 하는 원칙들이 있는데, 막상 훈육에서 적용하려 하면 쉽지는 않습니다. 나도 모르게 감정에 휩쓸리게 되고, 마음을 다치게 하는 이야기를 꺼내거나 남과 비교하는 등 오히려 안 좋은 분위기로 상황이 더 악화하기도 합니다. 중요한 건, 그런데도 가정에서 자식들에 대한 사랑과 올바른 훈육으로, 사회에 나와서 잘 적응할 수 있도록 도와주어야 한다는 것입니다. 남을 괴롭히거나 본인이 괴롭힘을 당하지 않도록 훈련이 필요하고, 사회의 구성원으로서 잘 봉사하고 이바지하는 자존감 높은 성인이 될 수 있는 역량을 갖도록 언제나 믿어주고 지지해 주어야 합니다.

이제는 강함보다 공감과 회복력을 키우는 교육이 더 절실한 시대가 아닐까 싶습니다. 소위 '다 컸네.', '철 들었네.'와 같은 이야기가 부모의 마음속에서 나오면 부모는 스스로 뿌듯함을 느끼게 되고, 자녀들은 이제 좀 부모의 마음을 알 것 같다는 생각이 들게 됩니다. 정작 본인들이 자식들을 낳아서 키우기 전까지는 그 마음을 깨닫는 데 시간이 오래 걸리게 마련입니다. 그래서 아무리 나이가 들어도 결혼 안 하거나 자식을 낳아 키워보지 않은 사람들에게 '아직 어린애 같다.'라는 이야기들을 간혹 하는

인생을 바꾸는 공부머리, 일머리, 돈머리

까닭입니다. 어른이 되기 위한 많은 과정 중에 자식을 낳아 올바르게 키우는 과정이 쉬워 보이지만 가장 힘든 것이 아닌가 싶습니다. 고등학교 친구 중 1명이 나이 오십이 되어 지난해 첫아이 출산 후 육아에 전념하는 모습을 보면, 이제 좀 어른이 된 듯하고 자식들의 가물가물한 옛 기억들이 새록새록 나곤 합니다. 부모의 자식 사랑은 늙어 죽을 때까지 이어집니다. 그러기에 우리들은 늦기 전에 부모님들을 한 번이라도 더 찾아뵙고 효도를 하는 마음가짐으로 평생 살아야겠습니다. 일단 전화부터 드리고, 오늘 당장이 아니더라도 조만간 좋아하시는 음식을 가지고 찾아뵙는 건 어떨까요?

평생 든든한 나무로,
그늘이 되어 주겠다던 프러포즈

다른 복(福)은 몰라도, '아내 복'만큼은 누구에게도 뒤지지 않는다고 자신 있게 말할 수 있습니다. 2003년 11월 처음 만나 2005년 2월 결혼식을 올렸으니, 어느덧 결혼한 지 21주년이 되었습니다. 연애 기간이 그리 길지는 않았지만, 몇 번의 위기도 있었고 결혼 후에도 크고 작은 갈등이 있었지요. 다행히 그때마다 잘 극복해 지금은 보석 같은 두 자녀와 함께 행복한 시간을 보내고 있습니다.

2004년 9월쯤, 분당의 한 와인 카페에서 프러포즈를 했던 기억이 납니다. 미리 주문 제작한 케이크에 두 사람의 사진과 프러포즈 문구를 새기고, 명품은 아니지만 마음이 담긴 예쁜 시계를 선물했습니다. 그날 "평생 든든한 나무가 되어 당신이 쉴 수 있는 그늘이 되어 주겠다."라고 약속했는데, 돌이켜보면 오히려 제가 더 많은 위로와 힘을 받아온 것 같습니다.

부부로 함께 살아간다는 것은 인내와 희생이 필요한 길이며,

 인생을 바꾸는 공부머리, 일머리, 돈머리

그 바탕에는 신뢰가 단단히 자리해야 합니다. 여전히 티격태격하시면서도 다정하신 부모님을 보며 늘 존경하고 본받으려 노력합니다. 특히 아버지가 어머니께 진심으로 헌신하시는 모습을 보면, 며느리들조차 부러워할 만큼 깊은 사랑이 느껴집니다. 자녀와 손주들에게 한없이 사랑을 주시는 부모님의 마음을 생각하면 그저 감사할 따름입니다.

이런 행복이 오래 지속되기 위해서는 무엇보다 가족 모두가 건강해야 합니다. 그리고 세상 모든 부부가 그렇듯, 아내는 남편의 자리를 빛내주고 남편은 아내를 평생 받들며 살아가는 것이 진리라는 생각이 듭니다. 매일 그렇게 다짐하면서도 가끔 잊곤 하지만, 그 다짐이 있기에 또 하루를 행복하게 살아갑니다.

평생 글재주라고는 초등학교 6년 동안 쓴 일기뿐이었다. 연애 초반이나 특별한 이벤트가 있을 때 외에는 편지에 마음을 담는 것도 어색했다. 게다가 명필이신 아버지께 글씨 재주는 물려받지 못해 손으로 쓰는 대신 컴퓨터로 인쇄해서 전달하곤 했다. 반면 아내는 아이들에게 짧은 메모나 손 편지를 자주 써준다. 그래서인지 아이들도 어렸을 때는 편지를 잘 썼는데, 요즘은 내 생일에도 안 써줘서 조금 아쉽다. 세월이 흘러도 돈이 최고의 선물이라는 건 부정하기 어렵지만, 자녀의 마음이 담긴 손 편지를 대신할 순 없다고 생각한다. 첫 책 출간일을 아버지의 81세 생신에 맞춘 이유도 여기에 있다. 편지 대신 아버지의 인생 이야기가 담긴 이 책을 선물하고 싶었기 때문이다.

몇 해 전 가족여행으로 처음 유럽에 갔을 때 이야기다. 여름 방학이라 아내와 아이들이 며칠 먼저 출발했고, 나는 회사 휴가 일정을 고려해 늦게 스페인 바르셀로나에서 합류하기로 했다.

아내와 아이들이 출국한 날 저녁, 퇴근 후 텅 빈 집에 들어서니 어색하고 빨리 합류하고 싶은 마음이 간절했다. 그때 테이블 위에 아내의 편지를 발견했다. 아내는 학창 시절부터 가장 가보고 싶었던 스페인에 드디어 가게 돼 기쁘고 고맙다는, 먼저 가서 미안하다는, 빨리 보고 싶으니 조심히 오라는 마음이 담겨 있었다. 그게 뭐라고 눈물이 핑 돌았다. 그동안 뭐가 그렇게 바빠서 오랫동안 꿈꿔온 스페인을 이제야 가게 된 걸까 싶더라. 디지털이 아닌 아날로그 손 편지의 힘은 정말 강력하다. 그리고 시간이 지나 다시 꺼내보면 그 힘은 그대로이거나 더 세져 있다.

처음 글을 쓰게 된 건 아내의 폐암 수술 이후 마음을 정리하려던 거였다. 그러다 우연히 책까지 내게 됐다. 첫 책이 아직 나오지도 않았는데 며칠 글을 안 쓰니 어색해졌다. 출판사에서 최종 편집 중 에필로그를 써달라는데, 책이 정말 나올지 아직도 실감이 안 난다. 이게 마지막 책일 가능성이 크다. 두 번째 책을 낼 확률은 첫 책이 나올 확률보다 낮을 거 같다. 그런데도 다시 글을 쓰고 싶었다. 처음 마음 그대로, 책을 내고자 하는 목표보다 그냥 글을 쓰고 싶어서 쓰는 거다. 글 쓰는 즐거움은 책 읽는 즐거움과는 사뭇 다르다. 전문 지식이 아니어도, 살아가는 과정엔 정답이 없으니 정확하진 않아도 내 생각을 담으면 된다. 누구나 살아온 인생은 각자 지문처럼 다르다. 똑같은 삶도 없고, 배우고 깨달은 것도 제각각이다. 위인전이나 대중매체에 나온 사람들의 인생이 더 훌륭하다고 할 수도 없다. 각자의 삶이 소중하고 본받을 만하다. 그런 인생을 바탕으로 누구나 글을 쓸 수 있다. 다만 쓰기 전에 많은 책을 읽는 게 좋은 출발점인 것 같다. 다른 작가들의 책을 통해 내 삶을 돌아보고 그들의 생각과 교감하면 더 도움이 된다. 생각을 먼저 정리한 뒤 쓰는 것도 좋지만, 막상 쓰다 보면 생각이 자연스레 정리되기도 한다. 거창할 필요 없이 하루하루 잊지 못할 기억을 기록하거나, 스마트폰에 저장한 글귀 하나하나가 모여 나만의 인생 이야기, 나만의 작품이 된다. 글 쓰는 데 대한 거부감만 없다면 누구나 쓸 수 있다. 오늘부터 생각나는 걸 메모하는 습관을 들여보자. 가족에게 편지 한 통이라도 써보는 건 어떨까.

이제 이 책의 여정을 마무리하려 한다. 최근 부모님을 모시고 다시 경주를 다녀왔는데, 한창 글을 쓰던 시절 아내와 함께했던 경주 여행의 기억을 떠올리며 비슷한 여정을 계획했다. 3개월 만에 다시 찾은 경주는 오랜만에 방문한 느낌과는 달리, 한층 편안하고 여유로운 기분을 주었다. 사골을 우려먹듯, 정말 값지고 소중한 곳은 자주 가면 갈수록 더 진국이 되는 것 같다. 부모님께서도 경주를 찾은 기억이 가물가물하셨지만, 이번에는 직접 가이드 역할을 하며 즐겁게 다녀올 수 있었다. 다시 한번 느끼지만, 두 분이 건강하시기에 함께 여행할 수 있는 것이 얼마

     인생을 바꾸는 공부머리, 일머리, 돈머리

나 큰 행복인지 새삼 깨닫는다. 굳이 해외여행이 아니더라도, 국내에도 충분히 가볼 만한 곳이 많다. 흔히 건강해서 행복하다고 착각하지만, 한편으로는 행복이 있어야 건강을 지킬 힘이 생기기도 한다. 마음의 상처와 스트레스는 신체를 좀먹을 수 있기 때문이다. 여유롭게 살고 인생을 즐기는 것은 결국 마음먹기에 달려 있다. 인생은 일상의 행복을 느끼며 오늘 하루를 소중하게 살아가는 여정의 연속이다. 학창 시절 그토록 하기 싫었던 공부가 나이가 들어 재미로 다가오기도 하듯, 책 읽기와 평생 학습하는 습관은 삶을 풍요롭게 하는 중요한 자산이다.

공부머리, 일머리, 돈머리는 서로 비례하지 않는다. 완전히 상관없다고 할 수는 없지만, 각자의 역할과 재능 발현은 결국 노력에 달려 있다. 특히 자본주의 사회에서는 돈머리가 있으면 공부머리나 일머리가 부족해도 충분히 행복할 수 있다. 돈머리의 기본은 배움에서 나오고, 실천을 통해 완성된다. 일머리는 요령이나 눈치가 아니라 꾸준함에서 비롯된다. 결국에는 본인의 노하우를 펼칠 날이 오고, 젊은 시절의 공부 또한 헛되지 않아 일머리나 돈머리에서도 활용할 수 있다. 월급쟁이로서 오늘도 출근하기 위해서는, 일에 대한 자부심과 만족, 노력한 만큼의 보상, 그리고 상사나 동료와의 관계가 중요하다. 개인차는 있겠지만, 일반적으로 3가지 중 2가지 이상이 충족되면 큰 불만 없이 근무하는 경우가 많다. 물론 지금 하는 일이 적성에 맞고 즐겁다면, 보상이 조금 부족해도 충분히 버틸 수 있다. 일은 힘들어도 보상이 충분하다면 생활을 맞춰 나갈 수 있다. 인간관계는 이직 사유 중에서도 중요한 요소지만, 결국 살아가면서 가장 중요한 것은 인성이다. 사람의 됨됨이는 숨기려 해도 드러나기 마련이고, 경력이 쌓일수록 그 중요성은 더욱 커진다.

요즘은 집안 경조사라도 없으면 먼 친척들 얼굴 볼 기회도 드물다. 매일 보는 가족에 대한 사랑과 주변 사람들에 대한 배려가 결국 우리가 살아가고 있는 삶의 종착역이 아닐까 싶다. 가장 젊은 오늘의 인생부터 옹골진 마음으로 다부지게 살아야겠다. 오늘 밤엔 소중히 보낸 하루의 잘한 일을 스스로 칭찬하고, 내일 아침엔 희망찬 하루를 시작하며 감사하는 마음으로 맞이하자. 매일 아침이 설레도록. '잘 지낸 하루가 행복한 잠을 이루게 하듯, 잘 보낸 인생은 행복한 죽음을 가져온다.' 레오나르도 다빈치의 이 명언을 가슴에 새기며, 오늘도 건강하게 잘 살아보자.

2026년 2월.

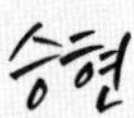

         인생을 바꾸는 공부머리, 일머리, 돈머리